RECUEIL

DE

FABLES ÉSOPIQUES

MISES EN VERS PAR

GEORGES L'ÉTOLIEN

ET PUBLIÉES POUR LA PREMIÈRE FOIS

D'APRÈS UN MANUSCRIT DU MONT ATHOS

PAR

ÉMILE LEGRAND

PROFESSEUR A L'ÉCOLE NATIONALE DES LANGUES ORIENTALES

PARIS

H. WELTER, LIBRAIRE-ÉDITEUR

59, RUE BONAPARTE, 59

—

1896

BIBLIOTHÈQUE GRECQUE VULGAIRE

TOME HUITIÈME

RECUEIL

DE

FABLES ÉSOPIQUES

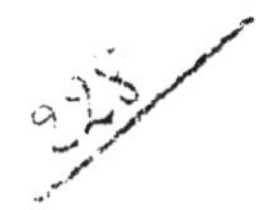

PRÉFACE

Le manuscrit contenant le *Recueil de Fables ésopiques*
que nous publions ci-après nous fut gracieusement offert,
en 1888, par le marquis de Saint-Hilaire, qui le tenait lui-
même d'Emmanuel Miller. C'est un petit volume in-octavo
de soixante-cinq feuillets, mesurant quatorze centimètres
sur vingt-deux, et revêtu d'un simple cartonnage. Sur le
verso du feuillet de garde qui précède le texte, on lit cette
note, que nous reproduisons textuellement :

« Les deux manuscrits de ces fables que possède le cou-
vent τῶν Ἰϐήρων offrent un texte à peu près identique,
abstraction faite d'une assez grande quantité de fautes
orthographiques, qui ne leur sont pas toujours communes.
Tous deux me paraissent appartenir à la seconde moitié du
seizième siècle. Ces fables m'intéressaient à divers titres;
mais, n'ayant pas eu le temps d'en faire la transcription, je
confiai cette tâche à un jeune moine fort intelligent et,
comme on en peut juger, calligraphe habile. La copie a été
exécutée diplomatiquement sur celui des manuscrits que
je considérais comme le plus intéressant, pour la raison

qu'il présente un certain nombre de corrections, qui, à mon
avis, ne peuvent, étant donnée leur nature, émaner que
du fabuliste. Ce manuscrit est un petit volume in-quarto en
papier turc, comprenant quatre-vingt-six feuillets non chif-
frés, dont plusieurs, à la fin, sont restés blancs ; il est re-
vêtu d'une reliure en maroquin noir certainement exécutée
dans le Levant. L'écriture est ferme, large et facile à lire.
Les corrections figurent tantôt à la marge, tantôt dans l'in-
terligne. J'ai moi-même collationné la présente copie sur
l'original. Un portrait à la plume de Georges l'Étolien orne
le manuscrit et c'est à mon scribe qu'est due la reproduc-
tion ci-jointe (1), laquelle est très bien réussie. Au-dessus
de la tête du personnage, on lit : Γεώργιος ὁ Αἰτωλός. Ces
trois mots sont tracés à l'encre rouge. — E. Miller. »

La copie que nous possédons fut donc exécutée au cours
de la mission d'Emmanuel Miller, au mont Athos, en 1863,
et vraisemblablement durant son séjour au couvent des
Ibères.

*
* *

Ce Recueil a été étudié depuis lors par Spiridion Lambros,
pendant la mission qu'il remplit à la Sainte-Montagne, en
1880. Voici en quels termes il s'exprime à ce sujet, dans
son Rapport au Parlement hellénique (2) : Διάφορα ποιή-
ματα τοῦ κατὰ τὸν ιζ´ (sic) αἰῶνα ἀκμάσαντος καὶ μέχρι

---

(1) Ce portrait a malheureusement disparu.

(2) Ἔκθεσις Σπυρίδωνος Π. Λάμπρου, ὁ. φ. ὑφηγητοῦ, πρὸς τὴν Βουλὴν τῶν
Ἑλλήνων περὶ τῆς εἰς τὸ Ἅγιον Ὄρος ἀποστολῆς αὐτοῦ, κατὰ τὸ θέρος τοῦ 1880.
Ἀθήνῃσιν, ἐκ τοῦ τυπογραφείου τοῦ Αἰῶνος. 1880 (in-8° de 32 pages), p. 27.

τοῦδε μόνον ἐκ τοῦ ὀνόματος γνωστοῦ λογίου Γεωργίου τοῦ
Αἰτωλοῦ, κυριώτατα δὲ συλλογὴ ἑκατὸν τεσσαράκοντα καὶ
τριῶν (sic) αἰσωπείων μύθων τοῦ αὐτοῦ, γεγραμμένων εἰς
πολιτικοὺς στίχους ὁμοιοκαταλήκτους, λίαν δὲ περιέργων.

Plus tard, dans l' Ἐτήσιον ἡμερολόγιον de Constantin
Scoccos pour l'année 1888 (pp. 325-329) et sous le titre
Νέος ἕλλην Αἴσωπος, le même savant a donné quelques
détails nouveaux et publié trois fables de ce Recueil. Nous
devons toutefois faire observer que, dans son article,
Spiridion Lambros ne mentionne qu'un seul manuscrit ibé-
rite (qui porte actuellement le nᵒ 152), tandis que Miller
en a vu deux. L'un de ces manuscrits aurait-il disparu de-
puis 1863? La chose n'est pas impossible. D'un autre côté,
les renseignements fournis par Lambros ne sont pas assez
explicites pour que l'on puisse affirmer qu'il a eu sous les
yeux le volume transcrit aux frais de Miller plutôt que
l'autre. Le texte des trois fables qu'il a publiées concorde,
il est vrai, avec celui que nous donnons nous-même, mais
cette concordance ne prouve aucunement qu'elles aient été
extraites du même manuscrit, puisque Miller atteste l'iden-
tité des deux textes, sauf quelques fautes d'orthographe. Nous
n'insisterons pas davantage sur ce point. Il peut se faire que
les deux manuscrits soient toujours au couvent des Ibères
et que Lambros ait eu ses raisons pour ne parler provisoire-
ment que d'un seul.

*
* *

Spiridion Lambros et les autres Grecs qui ont eu l'occa-
sion de s'occuper de GEORGES L'ÉTOLIEN déclarent ne posséder

sur lui aucun détail biographique. Ils se bornent à déclarer que c'était un homme σοφὸς καὶ ἐλλόγιμος, maigre renseignement tiré d'une lettre sans date écrite par Jean Bonafeus à Théodose Zygomalas (1).

A. Papadopoulos-Kérameus a récemment mis au jour deux lettres non datées de Georges l'Étolien à Hippolyte, métropolitain de Méthymne (2). Ces deux lettres, assez élégamment rédigées en grec ancien, ne sont qu'un exercice de rhétorique et ne contiennent absolument aucune particularité digne de remarque. Il en est quasi de même d'une lettre de Damascène le Studite à Georges l'Étolien (3); on y apprend pourtant que notre fabuliste avait fait un voyage à Venise. Ladite lettre n'a pas de millésime, mais elle ne saurait être postérieure à 1577, date à laquelle eut lieu le décès de Damascène. Cette date, restée inconnue jusqu'à ce jour, nous est fournie par un passage du *Cod. Tybingensis Mb 37*. En effet, à la suite d'une courte autobiographie d'un quêteur grec nommé Gabriel Calonas (pp. 95 et suiv.), on trouve, dans le manuscrit de Tubingue, quelques renseignements communiqués par ce personnage à Martin Crusius (juin-juillet 1582) et notamment : « Damasceni νεωτέρου Θησαυρὸν in pagis ubique ἀναγινώσκεσθαι populo a sacerdotibus; eum Hieremiæ patriarchæ primum in grammaticis præceptorem (et aliorum multorum) fuisse : ideo ab eo postea factum Ναυπάκτου καὶ Ἄρτης μητροπολίτην : antea a Metrophane fuisse ut ἔξαρχον missum in Russiam

---

(1) Publiée par Martin Crusius, *Turcogræcia*, p. 270.

(2) Συμβολαὶ εἰς τὴν ἱστορίαν τῆς νεοελληνικῆς φιλολογίας (Constantinople, 1886, in-4°), pp. 61-62.

(3) Συμβολαὶ εἰς τὴν ἱστορίαν τῆς νεοελλ. φιλολογίας, pp. 62-63.

μιχρὴν (τὴν μεγάλην Ῥωσίαν esse Moscoviam), tandem
1577 mortuum esse. »

Manuel Gédéon suppose (1) que Georges l'Étolien fut
directeur de la Grande École nationale de Constantinople.
Georges possédait probablement toutes les qualités requises
pour administrer cet établissement; par malheur, on ne lit
nulle part qu'il ait occupé ce poste.

*
* *

Nous avons nous-même consacré quelques mots à Geor-
ges l'Étolien dans notre *Notice biographique sur Jean
et Théodose Zygomalas* (2). Nous les rappellerons briè-
vement ici en y ajoutant certains détails complémentaires.

Le copiste André Darmarius, qui se trouvait à Tubingue
au mois d'août 1584, déclarait à Martin Crusius que les Co-
rinthiens d'alors se livraient au commerce et étaient deve-
nus barbares, puis il ajoutait : τούτων ἦν εἷς (3) πεπαιδευ-
μένος, Γεώργιος ὁ Αἰτωλὸς, ὅς πρὸ δ' ἢ έ ἐτῶν τέθνηκεν (4).
Nous apprenons, en outre, par le même Crusius, que Geor-
ges l'Étolien avait exercé sa verve satirique aux dépens des
notaires de Constantinople, lesquels étaient au nombre de
cinquante et plus : « Georgius ὁ Αἰτωλὸς, ἄριστος ποιητὴς,

---

(1) Χρονικὰ τῆς πατριαρχικῆς ἀκαδημίας (CP. 1883, in-8°), pp. 63-64.

(2) Pages 72, 73 et 189 du tirage à part.

(3) Il n'y a rien de surprenant à ce qu'un homme né à Corinthe s'appelle
L'Étolien. Cet ethnique devenu patronymique désigne le lieu d'où Georges
tirait son origine. Nous pouvons rappeler ici que Georges de Trébizonde
était Crétois et demander la permission d'ajouter que nous connaissons un
excellent Français qui se nomme *Le Grégeois*.

(4) *Codex Tybingensis Mb* 37, p. 135.

καταγελῶν τῶν νοταρίων πάντων ἐν Κωνσταντινουπόλει, ὡς ν' ὄντων ἢ καὶ πλειόνων. Οὐδεὶς οὕτως ὡραίως γράφει ὥσπερ αὐτός (1). Ἔχει γυναῖκα καὶ ἐκ γυναικὸς ταύτης παῖδας (2).»

Enfin, c'est encore Crusius qui va nous fournir les détails suivants. Dans sa rarissime *D. Solomoni Schweigkero Sultzensi Gratulatio* (Strasbourg, 1582, in-4°), le professeur allemand a inséré une certaine quantité de témoignages accordés par des Grecs à Salomon Schweigger (3) et inscrits par eux sur les pages de son *Album amicorum*. Parmi ces témoignages, nous en trouvons un (f. 12 r°) signé de Georges l'Étolien et ainsi conçu :

Εἰ καὶ ἀρετῇ πάσῃ κατακοσμεῖται ὁ Σιωπηρὸς (4) Σολομῶν (φησὶν ὁ θαυμάσιος), μᾶλλον δὲ κόσμος ἀρετῆς ἐστιν οὗτος ἢ, κυριωτέρως εἰπεῖν, αὐτὸς ἀρετή τις ἔμψυχος : τούτου τὸ σῶμα ὡς ἀνδρὸς σοφοῦ κεῖται μὲν τῇδε τῇ πόλει ᾗ ἐπιδημεῖ : τὸ δὲ τῆς διανοίας πτερὸν (κατὰ Πίνδαρον) πανταχοῦ πέτεται · ᾧ δὴ καὶ ἡμεῖς ἐντυχόντες τῇ τοῦ Κωνσταντίνου πόλει ἐνδιατρίβοντι καὶ ἱκανῶς ὁμιλήσαντες, ἔγνωμεν τοῦτον τοῖς ἑαυτοῦ λόγοις πάντας ἐπικοσμοῦντα : οἷά τινα

---

(1) Georges l'Étolien était copiste à ses heures. C'est lui qui calligraphia, en 1573, aux frais de Constantin, chartophylax de la Grande Église, le manuscrit qui porte actuellement le n° 130 dans la bibliothèque du monastère du Pantocrator. Cf. Sp. Lambros, *Catalogue of the greek manuscripts on Mount Athos*, tome premier (Cambridge, 1895, in-4°), p. 106.

(2) *Codex Tybingensis Mb 37*, p. 108. — Le nom de Georges l'Étolien figure dans le titre du Κωμῳδοδιάλογος d'Alexandre Phortios. Voir notre *Notice biographique sur Jean et Théodose Zygomalas*, p. 72; et notre *Bibliographie hell. des quinzième et seizième siècles*, t. II, p. 181.

(3) Rappelons que Salomon Schweigger était chapelain de Joachim von Sintzendorff, ambassadeur de l'Empereur près la Sublime-Porte, et qu'il habita Constantinople de janvier 1578 à mars 1581.

(4) Les Grecs traduisaient *Schweigger* par Σιωπηρός, Σιωπικός.

ζωγράφον χρώματα ἐσκιαγραφημένοις ἐπιβαλόντα · καὶ τού-
του τὴν ἀρετὴν θαυμάζοντες γράμμασιν ἰδιοχείροις τὸ ἀσφα-
λὲς βεβαιοῦμεν τοῦ λόγου.

ὁ ἐξ Αἰτωλίας Γεώργιος (1).

Ce document est accompagné de la note suivante :

*Fuit hic vir laicus, rerum antiquarum indagator, mul-
tas habens priscas monetas : de quibus æneam Homeri ico-
nem Solomoni donavit : quam is postea mihi, ut supra
dictum, huc Tybingam dono misit* (2). *Habitavit Constan-
tinopoli in Patriarcheio, mortuusque est 1580, mense
septembri, annos circiter 55 natus.*

On lit plus loin (f. 12 v°) un témoignage de Néodore
l'Étolien, qui était peut-être fils de Georges. Voici ce
document :

Ἐγὼ Νεόδωρος ὁ ἐξ Αἰτωλίας καὶ ἱεροδιάκονος τῆς μεγά-
λης ἐκκλησίας, μνήμης καὶ φιλίας χάριν τοῦ λογιωτάτου
Σιωπικοῦ Σολομῶντος, ἔγραψα ταῦτα, ἔτει 1582, 2 ἀπριλ.
Constantinopoli.

Avant les fables ésopiques, on trouve dans le manuscrit

---

(1) On trouve une traduction allemande de ce témoignage dans la Relation
de voyage de Salomon Schweigger. Voir *Reyssbuch dess Heiligen Lands*
(Francfort-sur-Main, 1609, f°), tome II, p. 135.

(2) On lit plus haut (f. 8 r°) : « Martii 7 (1581) accepi æneam monetam,
rubigine scabram, a Solomone mihi 7 ianuarii missam : in cuius una parte
facies Homeri est circundata literis ΟΜΗΡΟΣ : in altera Mercurius, cum
virga in sinistra, in dextra cum sertulo, circundatus literis ΑΜΑΣΤΡΙΑΝΩΝ,
legitur Ὅμηρος Ἀμαστριανῶν. »

les vers suivants, qui sont sans doute aussi de Georges
l'Étolien :

ὁ βοϊβόνδας Πέτρος

τῆς Μύρτζενας ὁποῦ μιλεῖ τῆς μάννας του μὲ μέτρος ·
εἶναι ἑβδομήντα ἑπτὰ χρόνοι ἀπὸ τὴν κτίσιν,
καὶ χιλιάδες λέγω ἑπτὰ (1) πͦδραμαν σὰν τὴν βρύσιν ∴

Ἐδῶ ὁ Πέτρος ὁμιλεῖ τῆς μάννας του στὸν ὕπνον ·
νὰ πάρῃς Καντακουζηνὸν γαμβρὸν εἰς τὴν Μαρίαν
τὴν ἀδελφήν μου, κ' ἔλαβες μεγάλην τιμωρίαν ∴

Par eux-mêmes, ces vers ne signifient pas grand'chose.

Je serais disposé à croire qu'ils étaient destinés à servir
soit de légende à des dessins, soit de sommaire à des chapi-
tres. *Le voïvode Pierre qui parle avec mesure à la Mir-
cena, sa mère,* n'est autre que Pierre le Boiteux, fils de
Mircea III, prince de Valachie, et de Chiarina ou Chiajna
(ici désignée par son andronymique, Μύρτζενα, *femme de
Mircea).* Sur le mariage de Marie, fille de Mircea III et de
Chiarina, avec Jean Cantacuzène, frère du fameux Michel
Cantacuzène (surnommé Chéitanoglou, c'est-à-dire *Fils du
Diable*), on peut consulter : Martin Crusius, *Turcogræcia,*
p. 274, et un extrait de la Chronique inédite de Manuel
Malaxos, que j'ai publié dans les *Éphémérides daces* de
Constantin Dapontès, tome I, p. 5o3.

Sur Pierre le Boiteux, qui fut successivement prince de
Valachie et de Moldavie, on consultera : Grégoire Urechi,
Chronique de Moldavie, édit. d'Émile Picot, pp. 451-565,
Nicolas Nilles, *Symbolæ ad illustrandam historiam ecclesiæ*

---

(1) C'est-à-dire 1569 de l'ère chrétienne.

orientalis, t. II, pp. 878-1000; Eudoxe Hurmuzaki, *Documente privitore la istoria Românilor*, t. II, première partie, pp. 410 et suivantes. On ne devra recourir qu'avec la plus grande prudence à Denys Photinos, Ἱστορία τῆς πάλαι Δακίας (t. II, pp. 104-106, et t. III, pp. 85-88), ouvrage qui fourmille d'erreurs de toute sorte.

Les fables ésopiques sont suivies de ces autres vers :

Ἄρχων ὁ Καντακουζηνὸς, ἡ φήμη τῶν Ῥωμαίων,
στὸ δίκαιον δὲ ντρέπεται Τοῦρκον μηδὲ Ἑβραῖον ·
ὅλοι αὐτὸν οἱ ἄνθρωποι Μιχαὴλ τζελεπὴ τὸν λέγουν,
κ' εἰς τὴν βουλὴν οἱ ἄρχοντες τοῦτον πρῶτον διαλέγουν ∴

Ῥωμαϊκὰ ἡ γλῶσσα σου τὰ λέγει σὰν ἀηδόνι,
τὰ τούρκικα καλλίτερα παρὰ τὸ γελιδόνι,
τοῦ εὐγενοῦς καὶ εὐτυχοῦς πατρός σου Μιχαήλου
ἄρχοντος Καντακουζηνοῦ καὶ τῆς Τριάδος φίλου ∴

Pour ce qui concerne Michel Cantacuzène, je ne puis que renvoyer à la notice que je lui ai consacrée (1) dans mon *Recueil de Poèmes historiques en grec vulgaire relatifs à la Turquie et aux principautés danubiennes* (Paris, 1877, in-8°), pp. 1-13.

*
* *

Dans la pensée que la présente Collection pourrait être utilisée par un futur éditeur d'un *Corpus fabularum æsopicarum*, nous avons placé entre parenthèses, après le nu-

---

(1) Il y est aussi question de ses trois fils.

méro d'ordre de chaque fable, le chiffre correspondant de la Αἰσωπείων μύθων συναγωγή publiée par Charles Halm (Leipzig, *Teubner*, 1854, in-8°), qui donne lui-même la concordance avec les recueils antérieurs au sien (1).

Nous espérons, enfin, que les Fables versifiées par Georges l'Étolien fourniront quelques précieux éléments aux grammairiens qui étudient l'histoire de la langue néo-hellénique.

Paris, 8 janvier 1896.

---

(1) Notons toutefois que le savant allemand a ignoré l'importante collection de fables ésopiques publiée par Emmanuel Miller, dans le tome XIV (seconde partie) des *Notices et extraits*, et en tirage à part (1841).

ΑΡΧΗ ΤΩΝ ΜΥΘΩΝ
ΤΟΥ ΑΙΣΩΠΟΥ

ΠΟΙΗΘΕΝΤΩΝ ΡΙΜΑ ΜΕΤΑ ΤΩΝ ΕΠΙΜΥΘΙΩΝ

ΠΑΡΑ ΓΕΩΡΓΙΟΥ ΤΟΥ ΕΞ ΑΙΤΩΛΙΑΣ

———

1 (5).

Ἀετὸς καὶ ἀλεποῦ.

Ἔκαμεν ἕνας ἀετὸς μὲ ἀλεποῦ φιλίαν
ἀντάμα νὰ εὑρίσκωνται, νὰ ἔχουν συντροφίαν.
Εἰς ἕνα δένδρον ἔκτισε ὁ ἀετὸς φωλία,
καθὼς τὸ ἔχει τάξη του, ἔκαμε τὰ πουλία.
Ἐκεῖ στὴν ῥίζαν τοῦ δενδροῦ φωλίαν εἶχε ποίση
6 ἡ ἀλεποῦ, τὰ τέκνα της ἤθελε νὰ γεννήση ·
ἡ ἀλεποῦ ἕναν καιρὸν ἐπῆγεν νὰ βοσκήση,
νὰ κυνηγήση καὶ νὰ φᾷ, ξεφάντωσιν νὰ ποίση ·
ὁ ἀετὸς, ὡς ἄρπαγος, σὰν ηὗρεν μοναξίαν,
τὰ ἀλεπόπουλά 'φαγε κ' ἔκαμεν ἀτυχίαν.
Τότε πτωχὴ ἡ ἀλεποῦ, ὡς εἶδε φαγωμένα

Titre. ποιηθὲν corrigé en ποιηθέντων. ῥῆμα.
1. 2. εὑρίσκονται. 4. τάξι. πουλλία. 9. D'abord ἄρπαγας. 10. D'abord ἔφαγε
τ' ἀλεπόπουλα. 11. φαγομένα.

12 τὰ τέκνα της, τὰ ἔκλαιε πικρὰ, φαρμακωμένα ·
καὶ τοῦ Θεοῦ δεήθηκεν ἀνταμοιβὴν νὰ ποίσῃ,
τὸν ἅρπαγον τὸν ἀετὸν νὰ κακοθανατήσῃ.
Μίαν ἡμέραν τὸ λοιπὸν πανήγυρις ἐγίνη ·
ὁ ἀετὸς ἐπῆγε κεῖ καὶ τὰ πουλί’ ἀφίνει,
καὶ κρέας μὲ τὰ κάρβουνα ἅρπαξε μὲ τὴν βία,
18 κ’ εἰς τὴν φωλία πέταξε, νὰ φάγουν τὰ πουλία.
Ἄνεμος τότε φύσησεν, ἄναψεν ἡ φωλία,
κάτω στὰ χόρτα ἔπεσαν ὅλα του τὰ πουλία ·
καὶ ἔδραμεν ἡ ἀλεπού, τά ’φαγεν ἐμπροστά του,
ἔκαμεν τὴν ἐκδίκησιν ἐμπρὸς στὰ μάτιά του.
                    Ἐπιμύθιον.
Ὁ μῦθος λέγει : ἔτσι ’ναι ὁποῦ χαλοῦν φιλίαν
24 πολλὰ κακοπαθαίνουσι, πέφτουν εἰς δυστυχίαν.

27.

Ἀετοῦ καὶ λαγωοῦ μῦθος.

Ἕνας λαγὸς ἀπ’ ἀετὸν ἔτρεχεν μὲ τὴν βίαν,
καὶ εἰς σκανθάρου ἔφυγεν μέσα σὲ κατοικίαν ·
τὸν σκάνθαρον ἐδέετον τάχα νὰ τὸν γλυτώσῃ
τότε ἀπὸ τὸν ἀετόν, νὰ μὴν τὸν ἐσκοτώσῃ.
Ὁ σκάνθαρος ἐδέετον τὸν ἀετὸν νὰ πάγῃ,
6 νὰ τὸν ἀρπάσῃ τὸν λαγὸν, καὶ νὰ μηδὲν τὸν φάγῃ ·
καὶ ἄμονε τον τὸν Θεὸν τὸν Δία νὰ τὸν ποίσῃ
τὴν παρακαλεστούρην του, νὰ μὴν καταφρονήσῃ.
Ὁ ἀετὸς τὸν σκάνθαρον ἐκαταφρόνεσέ τον,
μὲ τὰ πτερὰ τὸν κτύπησε καὶ τὸν λαγὸν ’φαγέ τον.

____

12. [illegible]. 14. [illegible]. 16. [illegible]. 22. σταμμάτά του 24
καθ[illegible].
2. [illegible]. 7. ἅμονε [illegible]. 10. [illegible] μὲ τὸ πτερόν.

Σὰν εἶδεν ἔτζι σκάνθαρος τὴν τόσην ἀτυχίαν,
12 μαζί του τότ' ἐπέταξεν καὶ πῆγε στὴν φωλίαν,
καὶ τὰ αὐγά του κύλισε, ὅλα 'γε τὰ τζακίση,
κ' εἰς τοῦ λαγοῦ τὸν θάνατον ἐκδίκησ' εἶχε ποίση.
Ὅταν τὰ εἶδ' ὁ ἀετός, ἔπεσε σὲ πικρία,
κ' εἰς τόπον ὑψηλότερον ἔκαμεν κατοικία.
Πάλιν λοιπὸν ὁ σκάνθαρος καὶ κεῖνα κύλισέ τα,
18 ἐπῆγε καὶ τὰ ἔρριξε καὶ κατατζάκισέ τα.
Δὲν ἤξευρεν ὁ ἀετὸς πλέον τὸ τί νὰ κάμη ·
στὸν Δία ἐβουλήθηκε μόνον νὰ καταδράμη,
καὶ πᾷ νὰ πῇ τὰ ἔπαθεν ὅλα ἐκεῖ ὀμπρός του,
διότι ἐλέγαν παλαιὰ πῶς ἦταν ἐδικός του ·
ὁ ἀετὸς ὁ βασιλεὺς ἦταν ξεχωρισμένος,
24 Διὸς Ἑλλήνων τοῦ θεοῦ πάντ' ἀφιερωμένος ·
ὅμως ἐκεῖ εἰς τοῦ Διὸς μέσα εἰς τὴν ποδίαν
ἔκαμεν πάλ' ὁ ἀετὸς ἐκ τρίτου τὴν φωλίαν ·
ἄλλα αὐγὰ ἐγέννησε κ' εἶπε νὰ τὰ φυλάγη
ὁ Ζεὺς, νὰ ἔχη ἔννοιαν πούπετες ὅταν πάγη,
καὶ νὰ τὰ βλέπη εὔμορφα διὰ νὰ μὴν χαθοῦσι,
30 μὴ κινδυνεύσουν πάλ' ἐκεῖ, λάχουν καὶ τζακιστοῦσι.
Πάλιν ἐκεῖ ὁ σκάνθαρος ἄλλο ἐμηχανεύθη,
ἐκεῖ ὁποῦ 'τανε ὁ Ζεὺς τὶ τὸν ἐπανουργεύθη ·
ἔκαμε βῶλον κόπρειον καὶ πῆγεν εἰς τὸν Δία,
στὰ ῥοῦχα του τὸν ἔρριξε μέσα εἰς τὴν ποδία.
Τὴν κόπρον σὰν τὴν εἶδ' ὁ Ζεὺς, τότε πολλὰ ταράχθη,
36 τῆς ὥρας ἐσηκώθηκεν, ἔξαφνα ἐτινάχθη,
καὶ τὰ αὐγά τὰ ἔρριξεν, ὅτ' εἶχ' ἀλησμονήση.
Σὰν ἔμαθ' ὅτι σκάνθαρος τὸ πρᾶγμα εἶχε ποίση,
καὶ ὄχι εἰς τὸν ἀετὸν ἔκαμεν ἀδικία,
ἀλλὰ ἠσέβησε πολλὰ καὶ εἰς αὐτὸν τὸν Δία,

---

11. ἔτζη. 12. μαζῆ. 13. ὅλάχε. 15. D'abord εἶδεν. 20. ἐβουλήθηκε. 22. D'abord
ἔλεγαν. 26. πάλιν. 28. ἔχει. 33. κόπριον. 36. ἐσυκώθηκεν. 37. ἔριξεν.

ἐφάνη τον παράξενον, καὶ ἤθελεν νὰ μάθη
42 πῶς ἤτονε ἡ ἀφορμὴ ὁ ἀετὸς νὰ πάθη
ἔτζι ἀπὸ τὸν σκάνθαρον, νὰ πειραχθῇ ἀδίκως,
ὁποῦ 'ναι οὐδετίποτε, μικρὸν ζῶον στὸ μῆκος.
Ἔμαθεν τὴν ὑπόθεσιν τὸ πῶς ἐπροξενήθη,
καὶ ὕβρισε τὸν ἀετὸν, μηδὲ τὸν ἐλυπήθη.
Πάλιν μὴ θέλοντας ὁ Ζεὺς τὸ γένος νὰ σπανίση
48 τῶν ἀετῶν, ἠθέλησε τρόπον καλὸν νὰ ποίση ·
ἀγάπην μὲ τὸν σκάνθαρον τοὺς ἔλεγε νὰ ποίσουν,
τὴν μηχανὴν, τὴν ἔχθρητα, τὴν κάκητα ν' ἀφήσουν.
Ἀμὴ ποτὲ ὁ σκάνθαρος δὲν ἤθελε ν' ἀκούση
ἐκεῖνο ποῦ τὸν ἔλεγε ὁ Ζεὺς νὰ τὸ γρυκήση ·
καὶ διὰ τοῦτο ἔκαμεν ὁ Ζεὺς ὅταν γεννήσουν
54 οἱ ἀετοὶ, κάμουν αὐγὰ καὶ τὲς φωλίες ποίσουν,
σκάνθαροι νὰ μηδέν εἶναι, ποσῶς νὰ μὴν φανοῦσι
στὸν κόσμον ποῦ 'ναι ἀετοὶ, νὰ μὴν τοὺς πολεμοῦσι.
                    Ἐπιμύθιον.
Ὁ μῦθος λέγει : πρέπον 'ναι νὰ μὴν καταφρονοῦμεν,
καὶ τὸν ὁλομικρότερον νὰ μὴν τζαλαπατοῦμεν.

3 (9).

Ἀηδόνι καὶ γεράκι.

Ἀηδόνι 'ς δένδρον κάθετον σὰν εἶν' συνηθισμένον
καὶ ἐτραγῴδειε ἔμορφα ἐκεῖ, τὸ ὠργισμένον ·
ἕνα γεράκι εἶδεν το ποῦ ἦτον πεινασμένον,
ἀπάνω του ἐχούμηξεν ὡσὰν τὸ λιμασμένον ·

ἐπίασέ το μὲ θυμὸν διὰ νὰ τὸ ξεσκίση,
6 καὶ κεῖνο τὸ ἐδέετον ὀδιὰ νὰ τὸ ἀφήση.
Τὸ ἔλεγε πῶς εἶν' μικρὸν, ποσῶς φαγὶ δὲν ἔχει,
ἄλλο πουλὶ νὰ καρτερῇ, μεγάλο νὰ παντέχῃ,
νὰ φάγῃ τότε περισσὰ, σὰν πρέπει νὰ χορτάσῃ,
καὶ κεῖνο ποῦ 'ν' πολλὰ μικρὸν ἄδικα μὴν τὸ χάσῃ.
Τότε ἐκεῖνο γύρισεν, εἶπε πρὸς τ' ἀηδόνι :
12 « τὰ λόγια ποῦ μὲ λαλεῖς, λωλοὶ τὰ κάμνουν μόνοι,
ν' ἀφήσω 'γὼ τὸ ἕτοιμον φαγὶ ὁποῦ 'χω τώρα
καὶ νὰ παντέχω νηστικὸν νὰ φάγω ἄλλην ὥρα. »
                    Ἐπιμύθιον.
Ὁ μῦθος λέγει : ὅποιος τὸ ἕτοιμον δὲν πιάνει
καὶ μὲ ἐλπίδα νὰ θαρρῇ, τὸν λογισμόν του χάνει.

4 (45).

Τράγος καὶ ἀλεπού.

Τράγος καὶ μία ἀλεπού μαζὶ ἐδιαβῆκαν,
σ' ἕνα πηγάδι πήγασιν, ἀντάμα ἐσεβῆκαν ·
ὡσὰν ἐπίασι νερὸ, ἔβλεπαν νὰ ἐβγοῦσι,
ἔστεκαν, ἐλογάριαζαν ἀπάνω ν' ἀνεβοῦσι.
Τὸν τράγον λέγει ἀλεπού : « ἄκουσε πῶς νὰ βγοῦμεν,
6 πιδέξια καὶ εὔμορφα ἀπάνω ν' ἀνεβοῦμεν ·
τοὺς μπροστινοὺς τοὺς πόδας σου κάμε νὰ ἀκουμπήσῃς,
ἔμορφα 'λόρτος στάθησε, προσέχου μὴν τοὺς σείσῃς ·
κ' ἐγὼ ἀπὸ τῶν ὤμων σου στὰ κέρατ' ἀνεβαίνω,
εὔκολα ἔξω ἀπηδῶ, ἀπάνω τότ' ἐβγαίνω ·

6. ἀφίση. 7. ἦν. 8. πουλλί. παντέχει. 10. ποῦν. 11. ἀηδύνη. 13. ναφίσω. 15.
πιάνη. 16. χάνη.
4. 1. μαζῆ. 2. σένα. 3. εὐγοῦσι. 4. νὰ νεβοῦσι. 5. νάυγοῦμεν. 6. νὰ νεβοῦμεν.
8. στάθισε. 10. ἀπιδῶ. εὐγένω.

καὶ θέλω σώζῃ καὶ ἐσὲν ἀπάνω νὰ ἐϐγάλω,
12 συμφέρον εἶναι καὶ στοὺς δυὸ πολὺ καλὸ μεγάλο. »
Ὁ τράγος ὁ κακότυχος μ᾽ ὅλην του τὴν καρδίαν
τὰ λόγια τῆς ἀλεποῦς τὰ ἔκαμε γιὰ μίαν.
Ὅταν ἀπάν᾽ ἀνέϐηκεν, ἐχόρευεν, ἐπήδα ·
τὸν τράγον λέγει τον : « ἐγὼ ποτέ μου δὲν σὲ εἶδα ·
ἀμὴ ἂν εἶχες φρόνησιν ὡσὰν ἔχεις καὶ γένεια,
18 τ᾽ ἀνέϐα, τὸ κατέϐα σου τό ᾽θελες ἔγῃ ἔννοια. »
Ἐπιμύθιον.
Ὁ μῦθος λέγει : πρέπον ᾽ναι νὰ βάνωμεν στὸν νοῦν μας
τὰ μεταχειριζόμεστεν, ἂν ἔν᾽ καὶ ᾽κολουθοῦν μας.

5 (39).

Ἀλεποὺ καὶ λεοντάρι.

Ὅταν ἀρχὴ ἡ ἀλεποὺ εἶδε τὸ λεοντάρι
ὡς εἶναι τόσον φοϐερὸν κ᾽ ἔχει μεγάλην χάρη,
νὰ ἀποθάνη κόντεψε ἐκ τὸν πολύν της φόϐον,
ὡς εἶδε πρᾶγμα φοϐερὸν, εἶχε μεγάλον τρόμον.
Τὸ δεύτερον σὰν τό ᾽τυχεν, τόσον δὲν ἐφοϐήθη,
6 τὸν φόϐον τὸν προτίτερον ποσῶς δὲν ἐθυμήθη.
Τὸ τρίτον σὰν τὸ ἔτυχεν, ἐπῆγεν ἐμπροστά του,
μὲ θάρρος τὸ ἐσύντυχε καὶ στάθηκε κοντά του.
Ἐπιμύθιον.
Ὁ μῦθος εἰς τὰ φοϐερὰ λέγει τὸ πῶς περνοῦσι,
πάντα μὲ τὴν συνήθειαν ὅλα καταθαρροῦσι.

---

11. εὐγάλω. 18. τόθελες. 19. πρέποναι. βάνομεν. 20. ἀνὲν.
5. 2. χάρι 6. D'abord προτίτερου. 8. θάρος. 10. καταθαρροῦσι

6 (14).

Κουνάδι καὶ πετεινός.

Κουνάδι ἕναν πετεινὸν θέλοντας νὰ τὸν πνίξῃ,
τὸν φόνον του ἠθέλησε μὲ κρίσιν νὰ τὸν δείξῃ,
τὴν νύκτα ὅλην πῶς λαλεῖ, ξυπνάει τοὺς ἀνθρώπους,
καὶ κάμνει τους νὰ βλασφημοῦν καὶ πέφτουσιν εἰς κόπους.
Ἐκεῖνος τότε εἶπε του : « ξυπνῶ τους νὰ δουλεύουν,
νὰ κάμουν τὲς δουλεῖες τους, καλὰ νὰ τὲς σκοπεύουν. »
Πάλε ἐκεῖνο εἶπεν του πῶς ἔχει ἀτυχίες
καὶ αἱμομίκτης γίνεται καὶ κάμνει ἀμαρτίες.
Ἀπιλογήθ' ὁ πετεινός, εἶπε : « τὶ διαφοραίνει
ἀφέντης μου ἀπὸ τ' αὐγά, καθημερνῶς κερδαίνει. »
Ἐκεῖνο δὲν τὸ ἔστερξε, μόνον ἀπιλογήθη :
« οἱ ἐδικές σου ἀπιλογιὲς μοιάζουν σὰν οἱ μῦθοι ·
ἂν ἕν' καὶ 'γὼ καὶ καρτερῶ μὲ κρίσιν νὰ σὲ φάγω,
εἰς τὴν φωλιὰν ἀχόρταστον καὶ νηστικὸν ὑπάγω. »
Ἐπιμύθιον.
Ὁ μῦθος λέγει : ὅσοι 'ναι δύστροποι σ' ὅσα θέλουν
τ' ἄδικο δίκαιο κάμνουσι, πολλὰ δὲν τοὺς ἐμέλουν.

7 (46).

Ἀλεποὺ καὶ ἀλεποῦδες.

Μί' ἀλεποὺ ἐπιάστηκε κάπου εἰς τὴν παγίδα,
καὶ ἡ οὐρά της κόπηκε, κ' ἤτονε σὰν τὴν γίδα ·

---

6. 2. δίξῃ. 4. πεύτουσιν. 5. ξυπνώτους. 6. ταῖς δουλίαις. ταῖς 7. πάλαι. ἀτυχίαις.
8. αἱμομύκτης. κάμη ἀμαρτίαις. 9. διαφορένη. 12. ἀπηλογίες μιάζουν. μύθοι. 13. ἀνὲν.
16. ἐμέλλουν.
7. Intitulé. ἀλεποῦδες. 2. κόπικε. ἤτοναι.

στὲς ἀλεποῦδες διάβηκε τὲς ἄλλες ν᾽ ἀρμηνέψῃ
νὰ κόψουν τὲς οὐράδες τους, νὰ λείψ᾽ αὐτὴ ἡ μέψη ·
ὅτ᾽ εἶναι μέλος ἄσχημον καὶ πρᾶγμα ποῦ δὲν πρέπει ·
6 ὅστις γυρίσῃ καὶ τὲς δῇ, συγχύνεται νὰ βλέπῃ
ἄσχημον, ἀδιαφόρετον βάρος ὁποῦ βαστοῦσι ·
ὅλες τους νὰ τὲς κόψουσι, κ᾽ ἔτζι νὰ πορπατοῦσι.
Μία τὴν ἀποκρίθηκε, τότε ἐκεῖ τὴν εἶπε :
« ἀπὸ στανίο σου τὸ λὲς, πάγαινε τώρα, λεῖπε ·
καὶ ἐπειδὴ τὸ ἔπαθες, ἔχε το μοναχή σου ·
12 καλό εἶναι, κακό εἶναι, ἂς εἶναι τῆς τιμῆς σου. »
                    Ἐπιμύθιον.
Ὁ μῦθος λέγ᾽ : οἱ πονηροὶ πάντοτε προσποιοῦνται
τάχατε κάτι κάμουσι, ἀπ᾽ ὅλους νὰ ᾽παινοῦνται.

8 (32).

Ἀλεποὺ καὶ βάτος.

Σ᾽ ἕναν φραγμὸν ἡ ἀλεποὺ ἠθέλησε ν᾽ ἀνέβῃ,
πιδέξια καὶ ἔμορφα ἀπέκει νὰ κατέβῃ ·
ὅταν ἀπάνω ἀνέβηκε, νὰ πέσῃ ἐφοβεῖτον,
στὸν κίνδυνόν της βοηθὸν βάτον ἐπροσκαλεῖτον.
Ὁ βάτος μὲ τὰ κέντρα του στὰ πόδια τὴν κτυπάει,
6 κ᾽ ἡ ἀλεποὺ βλασφήμησε σὰν ἤθελε νὰ πάῃ ·
λέγει τον : « εἰς βοήθειαν ἐπικαλέστηκά σε,
καὶ σὺ κακὸν μὲ ἔκαμες, κακὸς μοιάζει νά ᾽σαι. »
« Καὶ δὲν ἠξεύρεις, εἶπεν της, πῶς ὅλους τοὺς κεντρώνω,
κτυπῶ τους μὲ τὰ κέντρα μου, κ᾽ ἔχουν μεγάλον πόνο; »

3. σταῖς ἀλεποῦδες. ταῖς. ναρμηνεύσῃ. 4. ταῖς. μέμψῃ. 6. ταῖς δεῖ. 8. ὅλαις. ταῖς. ἔτζη. 10. ἀποστανίω. πάγενε. 14. ἀπόλους.
8. 1. σέναν. νὰ νέβη. 2. κατεύη. 5. κτυπάη. 8. μιάζει νάσε 9. κεντρώννω. 10. πόνω.

Ἐπιμύθιον.
Ὁ μῦθος λέγει τοὺς λωλοὺς κείνους ποῦ καταφεύγουν
12 ἀνθρώπους διαφόρετους ποῦ δὲν τοὺς ἀναπεύγουν.

9 (37).

Κροκόδειλος καὶ ἀλεπού.

Κροκόδειλος κ’ ἡ ἀλεπού ἀπάνω σ’ εὐγενίαν
πάντοτε ἐμαλλώνασι, κ’ εἶχαν πολλὴν κακίαν ·
καυχᾶται ὁ κροκόδειλος διὰ τὴν εὐγενίαν,
πῶς εἶναι ζῶον θαυμαστὸν ἀπὸ καλὴν γενίαν.
Ἡ ἀλεπού ποκρίθη τον · « φαίνεσ’ ἀκ τὸ πετζί σου
6 πάντοτε εἶσαι σὰν λωβός, πομπὴ νά ’χῃ τιμή σου! »
                    Ἐπιμύθιον.
Ὁ μῦθος λέγει : ὅσοι ’ναι ποῦ ψέματα λαλοῦσι
μοιάζουσι ἀκ τὴν θεωριά, στὰ λόγια δὲν φελοῦσι.

10 (22).

Πέρδικα καὶ πετεινοί.

Ἔλαχε μία πέρδικα κ’ ἔβοσκε σ’ ἕναν τόπον,
μὲ πετεινοὺς ἐμάλλωνεν κ’ εἶχε μεγάλον κόπον ·
οἱ πετεινοὶ τὴν πέρδικα τζιμπῶντας τὴν ἐδιῶχναν,
κοντά τους ἂν ἐπήγαινε δέρνοντάς την ἐσπρῶχναν.
Ἐθάρρειε γιὰ τ’ ἀλλόφυλον ἐκεῖνα τὰ παθαίνει,
6 κ’ εἶχε μεγάλην ἔννοιαν εἰς ὅσα ὑπομένει.

---

12. D’abord ἀναπεύουν.
9. 1. εὐγενείαν. 3. εὐγενείαν. 4. γενείαν. 5. πετζή. 6. ἦσε. 7. ὅσοι εἶναι.
10. 1. σέναν. 2. ἐμάλωνεν. 3. ἐδιώχναν. 4. ἐπήγενε. 5. ἐθάρριε γιαλόλυρος (sic),
avec la correction au-dessus. παθένη. 6. ἔνοιαν.

Ἀλλὰ εἰς μερικὸν καιρὸν εἶδε τους πῶς μαδίζαν,
ἀλλήλως εἰς τὸ πρόσωπον δέρνοντες τζουκρανίζαν ·
ἀπὸ τὴν λύπην σὲ χαρὰν ἦλθεν ὁ λογισμός της,
καὶ χάρηκεν ἀπὸ ψυχῆς, εἶπε στὸν ἐμαυτόν της :
« δὲν πρέπει νὰ λυποῦμαι πλιά, ὅτι καὶ τούτους εἶδα
12 ἀλλήλως πῶς μαδίζουσι. » Καὶ μὲ χαρὰν ἐπήδα.
                    Ἐπιμύθιον.
Ὁ μῦθος λέγ' : οἱ φρόνιμοι τὰς ὕβρεις τὰς περνοῦσι
ἀπὸ ἀνθρώπους ὑβριστὰς π' ὅλους τζαλαπατοῦσι.

11 (47 в).

Ἀλεποὺ καὶ κεφαλή.

Ἕναν καιρὸν μί' ἀλεποὺ ἐπῆγε σ' ἕναν τόπον,
καὶ ηὗρεν μίαν κεφαλὴν, ὡμοίαζεν ἀνθρώπων·
ἐπῆρε την στὰ πόδια της κ' ἔλεγ' : « ἔδε κεφάλι,
νὰ εἶχε καὶ ἐγκέφαλον ὡσὰν ἔχει καὶ κάλλη ! »
                    Ἐπιμύθιον.
Ὁ μῦθος διὰ ἔμορφους λέγει ὁποῦ 'ν' τὸ σῶμα
6 κι ὁ μυελός τους τέσσαρα δὲν ξίζει δράμια χῶμα.

12 (27).

Καρβουνιάρης καὶ βαφέας.

Σ' ἕναν βαφέαν διάβηκεν ἕνας καρβουνιάρης
καὶ τὸν βαφέαν εἶπε τον : « μαζί σου νὰ μὲ πάρῃς,
ἀντάμα νὰ βρισκώμεσθεν σὲ μίαν συνοδίαν,

---

10. χάριχεν. 11. οἶδα. 12. ἐπηδα. 13. ὕβρις.
11. 2. ὁμοίαζεν. 4. ἦχε. κάλλει. 5. ὁποῦν. 6. D'abord δὲν ξίζει τέσσαρα.
12. 1. σέναν. 3. βρισκόμεσθεν.

εἰς σπίτι νὰ καθώμεσθεν, νὰ 'γωμεν συντροφίαν. »
Καὶ ὁ βαφέας εἶπε τον : « ἀδύνατον νὰ γένῃ
6 στὸ σπίτι ποῦ εὑρίσκομαι μουντζοῦρα νὰ ἐμπαίνῃ,
δτ' ὅσα κάμω ν' ἀσπριστοῦν, ἐσὺ τὰ θὲς μαυρίζῃ,
πάντοτε μὲ τὰ κάρβουνα θέλεις τὰ μαγαρίζῃ. »
                    Ἐπιμύθιον.
Ὁ μῦθος γιὰ τ' ἀνόμοιον λέγει πῶς δὲν ταιριάζει
καὶ ὅμοιος μὲ ὅμοιον νὰ συμπεθεριάζῃ.

13 (23).

Μῦθος ψαράδων.

Ψαρᾶδες εἰς αἰγιαλὸν ἐβάλασι πλεμάτι,
καὶ μὲ χαρὰν τὸ σύρνασι, θαρροῦσαν κ' εἶχε κάτι,
ὅτι ἐβάρειε περισσὰ, θαρροῦσαν κ' εἶχε ψάρια,
ἐχαίρουνταν στὴν εὐτυχιὰν κ' εἶχαν πολλὰ καμάρια.
Ἀπάνω ὅταν ἔφτασε καὶ εἴδασι καθάρια
6 πέτρα μεγάλη τ' ἤτονε καὶ μερικὰ ὀψάρια,
πολλὰ ἐπικραθήσασι ὅλοι διὰ τὴν πέτρα,
ὅτι πασάνας διάφορον στὴν συντροφιὰν ἐμέτρα.
Τότε ἐκεῖ ἐλάλησεν ἕνας στὴν συντροφίαν·
« δὲν πρέπει νὰ λυπούμεστεν ἡμεῖς στὴν δυστυχίαν,
ὅτι ἡ λύπη κ' ἡ χαρὰ σὰν ἀδελφὲς περνοῦσι
12 καὶ τοὺς ἀνθρώπους πάντοτε πολλὰ καταγελοῦσι. »
                    Ἐπιμύθιον.
Δὲν πρέπει νὰ λυπούμεστεν εἰς τὲς ἀποτυχίες,
χαρὲς ἢ θλῖψες ἂν ἐλθοῦν, ἀλλὰ καὶ δυστυχίες.

---

4. σπῆτι. καθόμεσθεν. 6. σπῆτι. 7. μαυρίζει. 8. μαγαρίζει. 9. τεριάζει. 10. συμπε-
θεριάζει.
13. 1. ψαράδες. 3. ἐβάριε. 4. ἤγαν. 5. εὔτασε. ἴδασι. 6. τίτοναι. 10. δυστιχίαν.
11. ἀδελφαῖς. 13. ταῖς ἀποτυχίαις. 14. χαραῖς. θλίφαις. δυστιχίαις.

14 (203).

Μῦθος ἀνδρὸς Ῥοδίου.

Σ τὴν Ῥόδον ἕνας ἄνθρωπος εἶπεν στὴν καύχησίν του
πῶς πήδημα ἐπήδησεν πολὺ διὰ τιμήν του.
Κ' ἕνας τὸν ἀποκρίθηκε κ' εἶπεν : « ἐδῶ κ' ἡ Ῥόδο,
ἄκου το καὶ τὸ πήδημα πήδησ', ἂν ἔχῃς μόδο. »
                    Ἐπιμύθιον.
Ὁ μῦθος λέγει : εὔκαιροι οἱ λόγοι εἶναι πάντα
6 χωρὶς τὰ ἔργα νὰ φανοῦν, σοφ' ἂν τὸ ποῦν σαράντα.

15 (49).

Μῦθος πτωχοῦ.

Ἕνας πτωχὸς ἀσθένησε ἀσθένειαν μεγάλη
καὶ τὸν θεὸν ἐδέετον, πολλὰ ἐπαρακάλει
νὰ τὸν γλυτώσῃ, κ' ἑκατὸν βόδια εὐθὺς νὰ σφάξῃ,
νὰ κάμῃ καὶ παράκλησες, ὡσὰν τὸ ἔχει τάξῃ,
Λέγει τον ἡ γυναῖκα του : « ἄνδρα μου, τί ἐποῖκες;
6 εἰς τὸ κορμὶ κ' εἰς τὴν ψυχὴν εἰς κρίματα ἐμπῆκες ·
ἐσὺ αὐτὰ ποῦ ἔταξες ποσῶς καὶ δὲν τὰ ἔχεις
καὶ πλέον ἀπὸ τὸν θεὸν τί ὄφελος παντέχεις; »
Καὶ λέγει τὴν γυναῖκα του : « πιστεύεις νὰ γλυτώσω,
καὶ τὸν θεὸν παράκλησες καὶ βόδια νὰ δώσω; »
                    Ἐπιμύθιον.
Ὁ μῦθος λέγει : οἱ λωλοὶ εὔκολα πάντα τάζουν
12 ταξίματα νὰ δώσουσι ποῦ δὲν τὰ ἀποτάζουν.

---

14. 1. εἰς τὴν καύχησιν. 3. ρόδω. 4. ἔχεις μόδω. 6. ἀντοποῦν.
15. 1. ἀσθένιαν. 2. ἐπαρακάλη. 5. λέγη. 12. ταξήματα.

16 (55)

Μῦθος μαντείου.

Εἰς ἕνα, λέγουν, παλαιὸν μαντεῖον ὁποῦ ἦταν
ἐπῆγεν ἕνας ἄνθρωπος καὶ κράτειε σπουργίταν,
καὶ τὸν θεὸν ἠθέλησε νὰ τὸν ἐδοκιμάσῃ,
εἰς τὰ μαντεύει νὰ ἰδῇ μήπως νὰ τὸν γελάσῃ.
Λέγει : « πουλὶ εὑρίσκεται στὸ χέρι μου κρυμμένο,
πέ με, θεέ, εἶν' ζωντανὸ ἢ εἶν' ἀποθαμένο. »
Σ τὸν νοῦν του μέσα ἔλεγε : « ψόφιο ἂν πῇ ἐκεῖνο,
ἐγὼ τό 'χω στὸ χέρι μου καὶ ζωντανὸ τ' ἀφίνω,
καὶ ψεματάρη βγάνω τον, τάχα πῶς δὲν ἠξεύρει,
ῥώτημα τὸ παράμικρον δὲν ἠμπορεῖ νὰ εὕρῃ. »
'Αμ' ὁ θεὸς τὸ γρύκησε, καλὰ ποκρίθηκέ τον,
τὸν ἄτυχον τὸν ἄνθρωπον ἀπιλογήθηκέ τον,
λέγει τον : « εἰς τὸ χέρι σου στέκεται νὰ τὸ πνίξῃς,
ἢ ψόφιο ἢ ζωντανὸ εἰς ὅλους νὰ τὸ δείξῃς. »

Ἐπιμύθιον.

Ὁ μῦθος λέγει μας : ποτὲ θεὸν δὲν τὸν γελοῦμεν
σὲ ψέματα, σ' ἀλήθειες, εἰς ὅλα ποῦ λαλοῦμεν.

17 (24).

Μῦθος ψαράδων.

Ψαρᾶδες ἐβουλήθησαν νὰ πάγουν νὰ ψαρέψουν,
καθὼς εἶναι ἡ τέχνη τους νὰ πάγουν ν' ἀλιέψουν ·
ψάρια δὲν εὑρήκασι, πολλὰ ἐκοπιάσαν,
καὶ λυπημένοι ἤτασι, πικρίαν ἐπεράσαν,

---

16. 3. ἐδωκιμάση. 5. κριμένο. 6. ἦν. ἦν. 9. ψεματάρι. ἠξεύρη. 10. παρὰ μικρόν. ἠμπορῆ. 12. ἀπηλογίθηκε. 13. πνίξεις. 14. δίξεις.
17. 1. ψαράδες. 2. νὰ λυέψουν. 3. εὑρίκασι.

καὶ εὔκαιροι ἐγύρισαν, τὴν στράταν ἐπηγαῖνα,
6 κ' εἰς τὸ παραθαλάσσιον ηὕρασι ψάρι ἕνα,
τὸ ποῖον στὸ σαντάλι τους ἐσέβη νὰ γλυτώσῃ,
ὅτ' ἕνα κῆτος τό 'διωκε διὰ νὰ τὸ σκοτώσῃ.
Ὅλοι τὸ ἐχαρήκασι τὸ ψάρι ποῦ πιτύχαν,
καὶ τρέχοντες ἐπήγαιναν, χαρὰν μεγάλην εἶχαν.
Ἐπιμύθιον.
Ὁ μῦθος λέγει πῶς πολλὰ ἡ τύχη τὰ χαρίζει,
12 ἔξαφνα τὰ δεξίματα καθένα τὰ θερίζει.

18 (58).

Ἀσθενὴς ἄνθρωπος.

Ἕνας πτωχὸς ἀσθένησε κ' ἔταξε νὰ γλυτώσῃ
νὰ σφάξῃ βόδια ἑκατὸν καὶ τὸν θεὸν νὰ δώσῃ.
Ἐτζ' ὁ θεὸς εἰς δοκιμὴν τῆς ὥρας σήκωσέ τον,
ἀπέκει ὅπου κάθουντον εὐθὺς ἀνάστησέ τον.
Ἐκεῖνος βόδια δὲν εἶχε π̄ὄταξε στὴν ἀσθένεια,
6 κόκκαλα τότε μάζωξε κ' ἔκαμε κοκκαλένια ·
καὶ ὁ θεὸς διὰ νυκτὸς λέγει τον : « δὲν ἠξεύρεις,
νὰ πάγῃς στὸν αἰγιαλὸν, βίον πολὺν νὰ εὕρῃς; »
Ἐκεῖνος τότε τὸν θεὸν δὲν εἶχε τὸν γρυκήσῃ,
μόνον καθὼς τὸν ὥρισεν, εὐθὺς τὸ εἶχε ποίσῃ,
καὶ ἐκατέβη στὸν γιαλὸν, φοῦστες ἐπίασάν τον,
12 καὶ σκλάβον τὸν ἐκάμασι κ' ὕστερα πούλησάν τον.
Ἐπιμύθιον.
Ὁ μῦθος λέγει πάντοτε θεὸς πῶς εἶν' ἐχθρός του,
τοῦ ψεματάρη, βρίσκεται σ' ὅλα ἀντίδικός του.

---

5. ἐπίγενα. 6. ἥϐρασι ψάρη. 8. τὸ δίωκε. 9. ἐχαρίκασι. ψάρη. 10. ἐπίγενναν. 11. χαρίζη. 12. δεξήματα καθ' ἕνα. θερίζη.
18. 3. σύκωσε. 5. ῆ̣χε. ἀσθένια. 6. κόκαλα. κοκαλένια. 8. D'abord πολὺν βίον. 11. ἐκατεύη. φοῦσταις. 13. ῆ̣ν. 14. ψεματάρι.

19 (74).

Δύο βαθρακοί.

Εἰς λίμνην δύο βαθρακοὶ ἦσαν κατοικισμένοι,
κ' ἡ λίμνη ἐξηράθηκε καὶ ἦταν πικραμένοι.
Εἰς λίμνην ἄλλην πῆγασι καὶ πάλε ἐξηράνθη,
ἀπὸ τὴν ζέστην τὴν πολλὴν καὶ κείνη ἐμαράνθη.
Λίμνην ἀλλοῦ γυρεύασι, καὶ πῆγαν εἰς πηγάδι,
6 διὰ νὰ τὸ κατοικήσουσι, νὰ κάθωνται ὁμάδι.
Ὁ ἕνας ἀποκρίθηκε καὶ εἶπε πρὸς τὸν ἄλλον :
« τώρα ἐδῶ τὸν κίνδυνον τὸν ἔχομεν μεγάλον,
ὅτι φοβοῦμαι περισσὰ τὴν στράταν νὰ κατέβω,
ὅτι σὰν ξηρανθῇ καὶ δῶ, δὲν ἔχω πῶς νὰ ξέβω. »
                    Ἐπιμύθιον.
Ὁ μῦθος λέγει : κάθε εἷς πρέπει νὰ λογαριάζη
12 πρᾶγμα ποῦ μεταχερισθῇ ἂν ἔν' καὶ ταιριάζη.

20 (107 b).

Γραῖα ἀσθενοῦσα καὶ ἰατρός.

Γραῖα πολλὰ ἐπόνεσε κακὰ τοὺς ὀφθαλμούς της,
καὶ ξένον δὲν ἐγνώριζε, μηδὲ τοὺς ἐδικούς της ·
καὶ κάλεσ' ἕναν ἰατρὸν γιὰ νὰ τὴν ἰατρεύσῃ,
νὰ τὸν πληρώσῃ ὕστερα, ὡσὰν τὴν θεραπεύσῃ.
Ὁ ἰατρὸς ἐπήγαινε διὰ νὰ ἰατρεύῃ,
6 καὶ κεῖνος ὅλο μοναξιὰν ἐγύρευε νὰ εὕρη,

---

19. 3. πάλαι. 5. ἀλοῦ. 6. κάθονται. 8. τῶρα. ἔχωμεν. 9. κατεύω. 10. ξεύω.
11. λογαριάζει. 12. ἀνὲν. τεριάζει.
20. Intitulé. γρέα. 1. γρέα. 3. γιανὰ. 5. ἐπήγενε.

διὰ νὰ κλέψῃ ὅ,τ' εὑρῇ τῆς γραίας 'κ τὰ δικά της ·
ὅλα τὰ ἐμισόκλεψε λοιπὸν τὰ πράγματά της,
κ' ὕστερα πάλε πληρωμὴν ἐγύρευε νὰ πάρῃ,
κ' ἔλεγε κόπους ἔκαμε καὶ εἶχε πολλὰ βάρη.
Τότε ἡ γραῖα λέγει τον : « δὲ ντρέπεσαι στὰ λέγεις;
12 καὶ σὰν ἐκαταστάθηκα δὲν πρέπει νὰ μὲ κλαίγῃς;
Ἐγὼ τώρα τυφλάθηκα ἀπὸ τὰ μάτιά μου
ὅτι ἐλιγοστέψασιν ὅλα τὰ τίποτά μου. »
                    Ἐπιμύθιον.
Ὁ μῦθος λέγει : μερικοὶ εἰς τὰ φταιξίματά τους
δὲν σιωποῦν, ἀμὴ ζητοῦν τὰ δικαιώματά τους.

21 (98).

Ἄνθρωπος ἀσθενισμένος.

Ἕνας ἀσθένησέ ποτε κ' ἠθέλησε ν' ἀφήσῃ
παραγγελίαν καὶ εὐχὴν στὰ τέκνα του νὰ ποίσῃ.
Ἐλάλησε καὶ εἶπε τα : « ἐγὼ τώρ' ἀποθαίνω,
καὶ ὅλοι σας τὸ βλέπετε 'κ τῆς νόσου τί παθαίνω ·
στ' ἀμπέλι μου πηγαίνετε, σκάπτοντες θέλετ' εὕρη
6 πρᾶγμα κρυμμένον, εἶναι 'κεῖ, τινὰς δὲν τὸ ἠξεύρει. »
Ἐκεῖνοι πλοῦτον θάρρεψαν, στ' ἀμπέλι ἐπηγαῖναν,
καθημερνῶς τὸ ἔσκαπταν καὶ βίον ἀνεμέναν ·
πολλὰ τὸ κατασκάψασι καὶ βίον δὲν εὑρῆκαν,
ἀλήθεια διάφορον πολὺν καρπὸν ἐποῖκαν.
                    Ἐπιμύθιον.
Ὁ μῦθος λέγει : δούλεψη εἶναι εἰς τοὺς ἀνθρώπους
12 βίος πολὺς καὶ θησαυρός, ἂν εἶναι καὶ μὲ κόπους.

---

7. γρέας κτά. 9. πάλαι. 11. γρέα λέγη. δὲν τρέπεσε 12. κλαίης. 13. τωρά. μμάτιά.
14. τίποτέ. 15. φτεξίματά.
   21. 1. νὰ φίση. 3. τῶρ' ἀποθένω. 4. βλέπεται. παθένω. 5. πηγένεται. 6. ἠξεύρη.
7. θάρεψαν. ἐπιγέναν. 9. εὑρίκαν.

22 (95).

Ἄνθρωπος φοβιτζάρης.

Ἕνας, διὰ νὰ φοβηθῆ χειμῶνα καὶ κρυάδες,
ἀπόμεινε στὸ σπίτι του κ' ἔφα τὲς ἀγελάδες ·
ἔφαγε καὶ τὰ πρόβατα κι ὅλα τὰ γίδιά του,
ἔφαγε καὶ τὰ βόδια ὁποῦ 'χε στὴν δουλειά του.
Τότε οἱ σκύλοι βλέποντες τὸ πρᾶγμα ποῦ ἐγίνη,
6 εἶπαν : « ἂς φύγωμε ἀπ' ἐδῶ, καὶ μᾶς δὲν μᾶς ἀφίνει,
ἂν εἶν' αὐτὸς καὶ ἔφαγε ζῶα ὁποῦ 'χε χρεία,
ἡμᾶς δὲν θέλει λυπηθῆ διὰ λογὴν κἀμία.
                    Ἐπιμύθιον.
Ὁ μῦθος λέγει πρός τινας διὰ νὰ φυλαχθοῦσι
ἀπ' ἐκεινοὺς ποῦ ἐδικοὺς καὶ ξένους τοὺς χαλνοῦσι.

23 (111).

Ὄρνιθα χήρας.

Χήρας γυναίκας ὄρνιθα καθημερνῶς ἐγέννα,
ἡμέρα δὲν τὴν ἔλειψε νὰ μὴν γεννήσῃ ἕνα.
Ἡ χήρα ποῦ τὴν ὥριζεν ἔβαλεν εἰς τὸν νοῦ της
ὡσὰν τὸ δώσῃ περισσὸν κριθάρι τοῦ ὀρνιθιοῦ της,
θέλει γεννήσῃ περισσά, αὐγὰ πολλὰ νὰ ποίσῃ.
6 Ἔτζι λοιπὸν τὸ ἔκαμεν, εἶχε τὸ καταστήσῃ ·
κριθάρι σὰν τὸ ἔδωκεν ἔξω ἀπὸ τὴν φύσῃ,
ἀρχίνισεν ἡ ὄρνιθα κ' ἔπαψε νὰ γεννήσῃ.

---

22. 2. σπῆτι. ταῖς. 4. δουλίαν. 5. σκύλλοι. 6. φύγωμεν. ἀφίνη. 8. διαλογὶν.
10. ἐκείνους.
23. Intitulé. χῆρας. 1. χῆρας γυναῖκας. 3. χῆρα. νοῦν. 4. ὀρνιθίου. 6. ἔτζη.
7. φύσιν. 8. ἀρχήνισεν.

Ἐπιμύθιον.

Ὁ μῦθος λέγει ἐκεινοὺς πὄχουν πλεονεξίαν,
τὰ ἔτοιμα τὰ χάνουσι, πέφτουν εἰς δυστυχίαν.

24 (221).

Ἄνθρωπος καὶ σκύλος.

Σκυλὶ ἕναν ἐδάγκωσε, κ' ἐζήταν ἰατρεία,
στὸ πρᾶγμα ὅπου ἔπαθεν νὰ εὕρῃ θεραπεία.
Καὶ ἄλλος τὸν ἑρμήνευσε ψωμὶ ν' ἀνακατώσῃ
ἀπὸ τὸ αἷμα τῆς πληγῆς, τὸν σκύλον νὰ τὸ δώσῃ ·
καὶ ἰατρείαν θέλει βρῇ καὶ θέλει ὑγιάνῃ,
6 καὶ σκύλος ἄλλοτε αὐτὸν δὲν θέλει τὸν πιάνῃ.
Ἐκεῖνος τότε γέλασε, λέγει : « δὲν λὲς ἀλήθεια,
μηδὲ στὸ πρᾶγμα ποῦ 'παθα εἶναι καλὴ προμήθεια ·
ἂν εἶν' ἐγὼ καὶ κάμ' αὐτὸ τὸ πρᾶγμα χωρὶς γνώσῃ,
τοῦ κάστρου ὅλα τὰ σκυλιὰ μὲ θέλουσι δαγκώσῃ. »
                    Ἐπιμύθιον.
Ὁ μῦθος διὰ ἄτυχους, ὅταν εὐεργετοῦνται,
12 λέγει τὸ πῶς πλεονεκτοῦν, χειρότερα κρατοῦνται.

25 (301).

Νέοι δύο.

Νέοι δύο ἐκάθουνταν εἰς μάγειρα πλησίον ·
ὁ ἕνας κρέας ἔκλεψεν ἀπὸ τὸ μαγειρεῖον,
ὁ ἄλλος ἀποκάτω του τὸ κρέας ἔκρυψέ το.

---

10. πεύτουν.
24. Intitulé. σκύλλος. 1. ἰατρεία. 2. θεραπεῖα. 3. νὰ νακατώση. 5. θέλη. θέλη.
6. θέλη. 8. προμύθια. 10. δαγκάση. 11. εὐεργετοῦντε. 12. τοπῶς. κρατοῦντε.

Ὁ μάγειρος λυπήθηκε, πολλὰ ἐγύρευέ το ·
ἐκεῖνος ποῦ τὸ ἔκλεψεν ἄμονε πῶς δὲν τό ᾽χει,
ὁ ἄλλος πῶς δὲν τὸ κρατεῖ. Ὁ μάγειρος τοὺς ᾽λέγχει,
λέγει : « ἂν μὲ γελάσετε ἐμένα, παλληκάρια,
θεὸν δὲν τὸν λανθάνετε ποῦ ξεύρ᾽ ὅλα καθάρια. »
Ἐπιμύθιον.
Ὁ μῦθος διὰ ἐπίορκους λέγει ὁποῦ ὀμνοῦσι,
καλὰ ἀνθρώπους ἂν γελοῦν, θεὸν δὲν τὸν γελοῦσι.

26 (144).

Δύο ἄνθρωποι φθονεροί.

Δύο τινὲς ἐχθρεύονταν καὶ φθόνειεν εἰς τὸν ἄλλον,
ἀνάμεσά τους μισισμὸν εἶχαν πολλὰ μεγάλον ·
καὶ μέσα εἰς τὸ πέλαγος οἱ δύο εὑρεθῆκαν,
τὴν ἔχθραν ὅπου εἴχασι ποσῶς δὲν τὴν ἀφῆκαν ·
ἕνας στὴν πρύμην κάθουντον καὶ ἄλλος εἰς τὴν πρώρη ·
θάλασσα τοὺς ἐπλάκωσε, φουρτοῦνα καὶ καθούρι ·
στὴν πρύμην κεῖνος ποῦ ᾽τονε τὸν κυβερνήτη ρώτα
ἡ πρύμη ἂν εἶν᾽ καὶ πνίγεται ἀπὸ τὴν πρώρη πρῶτα.
Ὁ κυβερνήτης εἶπε τον διὰ τὴν πρύμην πρῶτον.
Καὶ κεῖνος εἶπε : « τέτοιον θάνατον ἀγαπῶ τον,
ποῦ πρῶτα βλέπω τοῦ ἐχθροῦ θάνατον ἐμπροστά μου,
καὶ γίνεται ἐκδίκησις ἐμπρὸς στὰ μάτιά μου. »
Ἐπιμύθιον.
Ὁ μῦθος λέγει πῶς πολλοὶ ζημίαν δὲν ψηφοῦσι,
ὡσὰν ἰδοῦσι τοὺς ἐχθροὺς πῶς ἀποκαταντοῦσι.

---

25. 5. ἄμωνε. 7. γελάσεται, παλλικάρια. 8. ξεῦρ.
26. 1. φθόνιεν. 2. μισεσμόν. 6. D'abord καθέζη, avec la correction à l'encre rouge dans l'interligne. 8. ἦν. 12. μμάτιά

27 (15).

Μῦθος ἀτζιδίου.

Εἰς σπίτι μέσα ποντικῶν ἀτζίδι εἶχε πάγη,
πολλὰ ἐπονηρεύουντον τοὺς ποντικοὺς νὰ φάγῃ ·
καθημερνῶς ἐσκότωνε καί 'τρωγεν ἕναν ἕναν,
κ' οἱ ποντικοὶ ἀρχίνισαν ὅλοι καὶ λιγοσταῖναν.
Τότε ἐκεῖ στὸ μέσον τους εἶπεν ὁ εἷς τὸν ἄλλον :
6 « δὲν βλέπετε τί πέσαμεν σὲ κίνδυνον μεγάλον;
ἐλᾶτε καὶ ἂς φύγωμεν σ' τόπον ποῦ δὲν ἠξεύρει,
ἀλλοῦ νὰ κατοικήσωμεν διὰ νὰ μὴν μᾶς εὕρῃ. »
Ὡσὰν ἐσκορπιστήκασι, ὅλοι ἀλλοῦ ἐπῆγαν,
τινὰς καὶ δὲν ἀπόμεινεν, ἀμ' ὅλοι τους ἐφύγαν,
τ' ἀτζίδι ἐκαμώθηκε πῶς εἶν' ἀποθαμένο,
12 κ' εἰς ἕναν τόπον κείτουνταν ὡσὰν τὸ νεκρωμένο,
διὰ νὰ πάγῃ ποντικὸς κοντὰ νὰ πλησιάσῃ
καὶ τότ' ἐκεῖνο μὲ σπουδὴ εὐθέως νὰ τὸν πιάσῃ.
Εἶπε το ἕνας ποντικὸς τότε ἀπὸ μακρία :
« αὐτὰ ὁποῦ καμώνεσαι ἡμᾶς δὲν κάμνουν χρεία,
ὡσὰν τὸ ξύλ' ἂν κείτεσαι, ὡσὰν ἀσκὶ ἂν γένῃς,
18 ἐδῶ ποτὲ ἀπὸ ἡμᾶς τινὰν μὴν ἀναμένῃς. »
                    Ἐπιμύθιον.
Ὁ μῦθος λέγ' : οἱ φρόνιμοι πρῶτον σὰν πειραχθοῦσι,
οἱ λόγοι καὶ τὰ ψέματα πλέον δὲν τοὺς γελοῦσι.

---

27. Intitulé. ἀτζηδίου. 1. σπῆτι. ἀτζήδι. 4. ἀρχήνησαν. λιγοστέναν. 6. βλέπεται.
7. ἐλάτε. ἡξεύρη. 9. ἀλοῦ. 10. D'abord καὶ δὲν ἀπόμεινεν τινάς. 11. τὰ τζήδι.
13. πάγει. 15. εἶπε. 16. καμώνεσε. 17. ἀνκείτεσε. D'abord ἀσκιὰν ἄν. 18. τινᾶν.
19. λέγει.

28 (44).

Μῦθος μαϊμοῦς.

Εἰς σύναξίν ποτε καιρὸν τῶν ζώων τετραπόδων
ἡ μαϊμοὐ ἐχόρευεν ἔμορφα καὶ μὲ μόδον ·
καὶ βασιλεὺς ἐγένηκε, τὴν ἐχειροτονῆσαν,
κατὰ τὴν τάξιν ἄπαντα αὐτὴν ἐπροσκυνῆσαν.
Μί ’ ἀλεποὺ ἐφθόνησε, πῆγε την σὲ παγίδα,
6 λέγει : « ἐδῶ ’βρα θησαυρὸν, σήμερον καὶ τὸν εἶδα,
καὶ πρέπει σε, ὦ βασιλεῦ, τὸν βίον νὰ τὸν πάρῃς,
ὡς πρέπον ἔν’ τοὺς βασιλεῖς καὶ στέκεται ἡ χάρις. »
Τότ’ ἔδραμεν ἡ μαϊμοὐ χωρὶς κάνένα φόβον,
κ’ εἰς τὴν παγίδ’ ἀνάμεινεν ἀφέντης τετραπόδων ·
τὴν ἀλεποὺ ἐμέμφετον, πολλὰ ὠνείδιζέ την,
12 κ’ ἡ ἀλεποὺ τὴν μαϊμοὺν τότε ἐνέμπαιζέ την.
Λέγει την : « ὦ ταλαίπωρη, μ’ αὐτήνην τὴν λωλία,
ἡ ἀφεντία σ’ ἔπρεπεν νὰ ἔχῃς βασιλεία; »
Ἐπιμύθιον.
Ὁ μῦθος λέγει πῶς πολλοὶ πέφτουν εἰς δυστυχίαν
σ’ ὅσα μεταχειρίζονται χωρὶς δοκιμασίαν.

29 (167).

Δέλφινας καὶ θύννος.

Δέλφινας θύννον ἔδιωχνε μὲ ὄργητα καὶ βία,
μὲ κάκητα καὶ μὲ θυμὸν καὶ μὲ πολλὴν μανία.

---

28. 3. ἐχειροτονήσαν. 6. οἶδα. 8. ἔν. 9. χάρις. 11. ὀνείδιζέ. 13. ταλέπωρη μαυτήνην. 14. ἔχεις. 15. πεύτουν. διστυχίαν. 16. σόσα μεταχειρύζονται.
29. 1. ὄργιτα. 2. κάκιτα.

Εἰς νῆσον ἔξω ἔπεσεν ὁ θύννος ἀκ τὸ κῦμα,
ἔρριψε καὶ τὸν δέλφινα τοῦ ῥεύματος τὸ χύμα ·
ἐλιποψύχα δέλφινας διὰ νὰ ἀποθάνη,
6 ὁ θύννος διὰ θάνατον στὸν νοῦν ποσῶς δὲν βάνει,
ὅτ᾽ ἔϐλεπε καὶ κείτουνταν στὸν θάνατον ὁ ᾽χθρός του,
κ᾽ ἐλιποψύχα δέλφινας δίκαια τὸ ἐμπρός του.
            Ἐπιμύθιον.
Τὲς δυστυχίες λέγει μας τινὲς πῶς ὑπομένουν,
ἐχθρούς τους ὅταν βλέπωσι κακῶς πῶς κινδυνεύουν.

30 (169)

Ἰατρὸς καὶ ἄρρωστος.

Ἄρρωστον ἕνας ἰατρὸς εἶχε νὰ ἰατρεύση,
καθημερνῶς τὸν ἔϐλεπε γιὰ νὰ τὸν θεραπεύση ·
ὁ ἄρρωστος ἀπέθανεν ἀπὸ τῆς ἀμελείας,
ποσῶς δὲν ὠφελήθηκεν ἀπὸ τὰς ἰατρείας.
Ὕστερα εἶπεν ὁ ἰατρός, ἀφόντις τὸν ἐθάψαν,
6 ὅτι ὁ ἄρρωστος αὐτὸς εἶχε μεγάλην κάψαν,
καὶ ἂν δὲν ἔπινε κρασὶ, κλυστήρια νὰ βάνη,
τὸν θάνατον ἐγλύτωνε, δὲν ἤθελ᾽ ἀποθάνη.
Τότε τὸν ἀποκρίθηκε καὶ σύντυχέ τον ἕνας
πῶς εἶναι ψεύστης ἰατρός, εἶναι καὶ κλέπτης μέγας.
            Ἐπιμύθιον.
Εἰς τὴν ἀνάγκην δίκαιον εἶναι νὰ βοηθοῦμεν,
12 ὄχ᾽ ὕστερα μὲ ψέματα τοὺς φίλους νὰ γελοῦμεν.

---

4. ἔριψε. χῦμα. 5. ἐλυποψύχα. 6. βάνη. 8. ἐλυποψύχα. 9. ταῖς δυστυχίαις.
30. Intitulé. ἄρωστος. **1.** ἄρωστον. **2.** γιανὰ. **3.** ἄρωστος. **5.** ἀφόντης. **6.** ἄρωστος.
7. ἀνδέν. κληστήρια. 8. ἐγλίτωνε.

31 (171)

Μῦθος κυνηγοῦ.

Λέγουν πῶς ἕνας κυνηγὸς πῆγε νὰ κυνηγήσῃ,
κ' εἰς τόπον τὴν παγίδα του ἐγύρευε νὰ στήσῃ,
ἐκ' ηὗρε κίχλα ποῦ 'τονε μέσα εἰς ἕνα δάσι
κ' ἔστησε τὴν παγίδα του τὴν κίχλα νὰ πιάσῃ.
Ἔτζι ὡσὰν ἐστέκουντον, ὀγία, φίδ' εὑρέθη,
6 στὰ χόρτα ἐκοιμούντονε καὶ παρευθὺς ἐγέρθη,
καὶ δάγκωσε τὸν κυνηγὸν, ὅτ' εἶχε τὴν πατήσῃ ·
ἐκεῖ τότ' ὁ ταλαίπωρος εἶχε λιγοψυχήσῃ,
καὶ μοναχός του ἔλεγε πῶς δίκαια παθαίνει,
ἄλλους διὰ νὰ κυνηγᾷ ἐκεῖνος ἀποθαίνει.
          Ἐπιμύθιον.
Ὁ μῦθος λέγει : ὅσοι ποῦ ἐπιβουλεύουντ' ἄλλους
12 λανθάνονται καὶ πέφτουσιν εἰς κίνδυνους μεγάλους.

32 (189).

Μῦθος κάστορος.

Ὁ κάστωρ λέγουσί τινες ὅτ' εἶναι ἕνα ζῶον
εἰς λίμνες πάντα βρίσκεται μετ' ἄλλων τετραπόδων ·
οἱ ὄρχεις του εὑρίσκονται εἰς τὸ ἰατροσόφι,
πῶς εἶναι ἰαματικοὶ λέγουν οἱ φιλοσόφοι ·
καὶ τρέχουσι κατόπιν του, μέλλει νὰ τὸν ἐφθάσουν,

---

31. 1. κυνηγίσῃ. 3. ποὔτονε. δάση. 4. πιάσῃ. 5. ἔτζη. D'abord ὄχεντρα.
7. ἐδάγκωσε. 9. παθένῃ. 10. ἀποθένῃ. 11. ὅσ' εἶπου πιβουλεύουντ'. 12. πεύτουσι.
κινδύνους.
32. Intitulé. κάστωρος. 2. λίμναις. μὲ ἄλλων (que l'on pourrait peut-être
conserver). 4. λέγουσιν.

6 καὶ, σὰν τὸν κυνηγήσουσι διὰ νὰ τὸν πιάσουν,
κόπτει εὐθὺς τοὺς ὄρχεις του, θάνατον νὰ γλυτώσῃ,
καὶ ῥίπτει τους τοῦ κυνηγοῦ, διὰ νὰ μὴν τὸν σώσῃ ·
καὶ διὰ τοῦτο πάντοτε κερδαίνει τὴν ζωήν του,
καὶ φεύγει καὶ τὸν θάνατον, γλυτώνει κεφαλήν του.
　　　　　　　Ἐπιμυτιον.
Ὁ μῦθος λέγ’ : οἱ φρόνιμοι τὰ ἄσπρα δὲν λυποῦνται
12 διὰ τὴν σωτηρία τους, ξέρουν καὶ κυβερνοῦνται.

33 (232).

Μῦθος σκύλου.

Σκύλος ἐπῆγε, λέγουσι, μέσα εἰς μαγειρεῖον ·
μίαν καρδίαν ἅρπαξε μέσα ἀπὸ ἀγγεῖον ·
ἔλειψε τότ’ ὁ μάγειρος κ’ ἤτονε σὲ δουλείαν ·
ὁ σκύλος ἐδιάβαινε, πήγαινε μὲ τὴν βίαν.
Σὰν τό ’μαθεν ὁ μάγειρος τὸ πρᾶγμα πῶς ἐγένη,
6 κ’ εἶδε τὸν σκύλον ποῦ ’τρεχε, τὴν στράταν πῶς πηγαίνει :
« ὦ σκύλε, εἶπε, ξέρω το πῶς δὲν θέλεις γλυτώσῃ,
καρδία πῆρες κ’ ἔφαγες, καρδίαν μοῦ ’χες δώσῃ. »
　　　　　　　Ἐπιμύθιον.
Ὁ μῦθος λέγει μας ἐδῶ ὁπόταν πειραχτοῦμεν,
ἄλλην φορὰν νὰ ξέρωμεν διὰ νὰ φυλαχτοῦμεν.

34 (231).

Σκύλος καὶ λύκος.

Σκύλος ἐκείτουντον σ’ αὐλὴν ὁποῦ ’ταν καὶ κοιμᾶτον ·

---

6. κυνηγίσουσι. 11. λέγει biffé avant λέγ’. 12. κιβερνοῦνται.
33. 3. κῆτονε. δουλίαν. 4. πήγενε. 5. ἐγίνη. 6. πιγένη. 7. θέλης.

λύκος ἐπῆγεν ἔξαφνα ἐκεῖ καὶ ἐξυπνᾷ τον ·
νὰ τὸν ἐφάγῃ θέλησε τὸν σκύλον τότ' ὁ λύκος ·
καὶ κεῖνος τὸν ἐδέετον τὸ πῶς δὲν ἔχει μῆκος,
μικρός, λιγνὸς εὑρίσκεται, κρέας ποσῶς δὲν ἔχει,
6 ὡσὰν παχύνῃ ἄλλοτε ὁ λύκος νὰ παντέγῃ.
λέγει τον : « ὁ ἀφέντης μου τράπεζες θέλει κάμῃ,
στὴν γειτονίαν γλήγορα μέλλει νὰ γένουν γάμοι,
καὶ θέλω γένῃ καὶ ἐγὼ παχὺς ὅτι νὰ φάγῃς,
καὶ διὰ τοῦτο δέομαι ἀπὸ ἐδῶ νὰ πάγῃς. »
Ὁ λύκος τὸν ἐπίστευσε τὸν σκύλον, κ' εἶχε πάγῃ,
12 γιὰ νὰ παχύνῃ πάντεχε ἄλλοτε νὰ τὸν φάγῃ.
Μὲ μέρες περαζόμενες πῆγε νὰ τὸν γυρεύῃ
ἐκεῖ ὁποῦ ἐσύντυχαν, τὸν σκύλον νὰ τὸν εὕρῃ.
Ἐκεῖνος ἐκοιμούντονε ἀπάνω σ' ἔν' ἀνώγι,
καὶ λύκος ὁ ταλαίπωρος στέκουντον στὸ κατώγι ·
καὶ εἶπε τον νὰ κατεβῇ καθὼς ἐσυμφωνῆσαν,
18 καθὼς ἀντάμα σύντυχαν καὶ τὸν καιρὸν ἐστῆσαν.
Ἐκεῖνος ἀποκρίθη τον, λέγει : « ἂν μ' εὕρῃς ἔξω,
εἰπέ με · πλέον δὲν θέλω νὰ σὲ ἀκαρτερέξω. »
              Ἐπιμύθιον.
Ὁ μῦθος λέγ' : οἱ φρόνιμοι ὁπόταν κινδυνεύσουν,
ἄλλην φορὰν ἠξεύρουσι πῶς νὰ διαφεντεύσουν.

<h2 style="text-align:center">35 (225).</h2>

<h3 style="text-align:center">Σκύλος καὶ πετεινός.</h3>

Σκύλος καὶ ἕνας πετεινὸς ἔκαμαν συντροφίαν,
χωρὶς κάνένα δόλωμα νά 'χουν ἀγάπην μίαν.

---

34. 7. λέγῃ. θέλῃ. 8. γιτονίαν. μέλλῃ. 13. μέραις περαζόμεναις. 14. ἐκεῖνοποῦ.
Peut-être ἐχεῖν ὁποῦ. 15. σένα νώγι. 17. κατευῇ. 19. εὕρεις.
35. Intitulé. πετινός. 1. πετινός.

Ἐκεῖ ποῦ περπατούσασι, κάπου βραδιαστῆκαν,
δὲν εἶχαν ποῦ νὰ κοιμηθοῦν καὶ στενοχωρηθῆκαν ·
καὶ διὰ τοῦτο εἰς δενδρὸν κ' οἱ δύο διαβῆκαν,
6 μὴ νὰ εὑροῦν ἀνάπαυσιν πολλὰ ἐννοιαστῆκαν.
Ὁ πετεινὸς ἀνέβηκεν ἀπάνω καὶ κοιμήθη,
καὶ νὰ λαλήσῃ ἄρχισε, τὴν νύκτα ἐθυμήθη.
Τότ' ἔδραμεν μί' ἀλεποῦ, σὰν ἄρχισε καὶ κράζει,
καθὼς καὶ τὴν συνήθειαν τὴν ἔχει νὰ φωνάζῃ ·
καὶ ἀποκάτω στέκουντον, εἶπε τον νὰ κατέβῃ,
12 ὅτ' ἀγαπᾷ νὰ τὸν ἰδῇ, καὶ πάλε νὰ ἀνέβῃ.
Λέγει την τότ' ὁ πετεινὸς πῶς εἶναι 'κεῖ πορτάρης,
καὶ ξύπνισέ τον καὶ αὐτόν, θέλημα νὰ τὸν πάρῃς.
Τότε τὸν γῦρον τοῦ δενδροῦ γύρευε νὰ ῥωτήσῃ,
κ' εὐθὺς ὁ σκύλος ἔδραμε κ' εἶχε τὴν ἐξεσκίσῃ.
              Ἐπιμύθιον.
Ἰδέτε πῶς ὁ φρόνιμος τὸν πέμπει τὸν ἐχθρόν του
18 εἰς ἄλλον δυνατώτερον διὰ ἀντίδικόν του.

36 (248 в).

Λεοντάρι καὶ βάτραχος.

Λέων ἀκούσας βάτραχον βοΐζοντα μεγάλως,
φανίστη τον 'τι ζῶον 'ναι μέγα νὰ ἔχῃ κάλλος ·
καὶ σὰν ἐπῆγε κ' εἶδε τον, ἐκαταπάτησέ τον,
καὶ μὲ θυμὸν καὶ μὲ ὀργὴν ἐτζαλαπάτησέ τον.
              Ἐπιμύθιον.
Ὁ μῦθος λέγει μας ἐδῶ ποτὲ μὴν ταραχτοῦμεν
6 μόνον ἀπὸ τῆς ἀκοῆς, τὸ πρᾶγμ' ἃ δὲν ἰδοῦμεν.

4. κιμηθοῦν. 6. ἐνοιαστῆκαν. 9. κράζη. 10. φωνάζει. 11. κατεύη. 12. ἴδη. πάλαι.
13. πετινός. 15. γύρον.
36. Intitulé. λεοντάρη. 1. βοΐζοντα. 2. ἔχει. 6. πρᾶγμά δέν.

37 (260).

Λεοντάρι, ἀλεὺ ποκαὶ γάδαρος.

Λέων ποτὲ καὶ ἀλεποὺ καὶ γάδαρος ἐστῆσαν
ἀντάμα νὰ εὑρίσκωνται, καὶ συντροφίαν ποῖσαν.
Ἐπῆγαν εἰς κυνήγιον διὰ νὰ κυνηγήσουν,
εἴ τι ἂν εὕρωσι μαζὶ, τότε νὰ τὸ μερίσουν.
Ἐπῆγαν, ἐκυνήγησαν, ἤφεραν πᾶσα πρᾶμα,
6 κ' εἰς ἔναν τόπον ἔκατζαν διὰ νὰ φᾶν ἀντάμα.
Ὁ λέων τὸν γαΐδαρον εἶπε νὰ τοὺς μοιράσῃ,
τοῦ καθενοῦ τὸ μερτικὸν ἐκεῖνος ν' ἀρδινιάσῃ.
Τὸ μέρος τοῦτος καθενοῦ ἴσια ἔδωκέ των ·
ἀλλὰ ὁ λέων θυμωθεὶς τὸν γάδαρό 'σχισέ τον.
Τὴν ἀλεποὺ ἐλάλησεν, εἶπε νὰ τὰ μοιράσῃ ·
12 ἐκείνη ἐστοχάστηκε τὰ πράγματα πῶς πᾶσι,
τὸν λέοντα πολὺ φαγὶ ἔδωκε μὲ τὴν γνώσῃ ·
εἶπε τον : « λίγο μερτικὸν ἐμένα θέλει σώσῃ. »
Τότε ὁ λέων λέγει την : « ποῦ 'μαθες νὰ μοιράζῃς,
καὶ εὔμορφα τὰ πράγματα νὰ τὰ λογαριάζῃς ; »
« Ἡ συμφορὰ, πεκρίθη τον, γαδάρου ἔμαθέ με
18 καὶ μοίρασα ὡς ἔπρεπεν · τὸ πρᾶγμα δίδαξέ με. »
Ἐπιμύθιον.
Ἡ δυστυχία μερικῶν διδάσκει νὰ μαθαίνουν
τοὺς ἄλλους νὰ φυλάγωνται, ἂν θέλουν νὰ κερδαίνουν.

---

37. 2. εὑρίσκονται. 3. κυνιγίσουν. 4. εἴτοι. 5. ἐκυνίγισαν. πρᾶγμα. 8. καθ' ἑνοῦ.
9. καθ' ἑνοῦ. ἔδωκέν τον. 12. ἐστοχάστικε. 13. γνῶσιν. 14. θέλη. 15. λέγη. D'abord
πόμαθες. 19. μαθένουν. 20. φυλάγονται.

38 (247).

Ἀρκούδι καὶ λεοντάρι.

Ἀρκούδι κ' ἕνας λέοντας κάπου ἤθελαν λάχη,
γιὰ νὰ βροῦν βοϊδόνεβρον ἔκαμαν πολλὴν μάχη ·
πολλὰ ἐκουραστήκασι κ' οἱ δύο ποῦ μαδίσαν
καὶ εἰς τὴν γῆν ἐκείτουνταν, σὰν πεθαμένοι ἦσαν.
Τότ' ἔδραμε μί' ἀλεποὺ σὰν ἔβλεπε τὸ πρᾶμα,
6 καὶ ἄρπαξε τὸ βούνεβρο κ' ἔφαγεν ἅμα ἅμα.
Ἐκεῖνοι δὲν ἐδύνονταν ποσῶς νὰ σηκωθοῦσι,
τὴν ἀλεποὺ ἀρχίνισαν κ' οἱ δύο νὰ παινοῦσι.
Λέγουν : « ἐμεῖς ἐκάμαμεν οἱ δύο πολὺν κόπον,
κ' ἦλθεν ἡ ἀλεποὺ ὕστερα καὶ πῆρε τον μὲ τρόπον. »
Ἐπιμύθιον.
Ὁ μῦθος λέγει μας ἐδῶ : τινὲς ποῦ κοπιάζουν
12 καὶ ἄλλοι τὰ κερδίζουσι, τὸ κέρδος τὸ συνάζουν.

39 (286).

Μάντης.

Κάποιος μάντης ἤτονε κ' ἔλεγε πῶς μαντεύει,
πάντοτε ἐκαυχάτονε σ' ὅλους ὅτ' ἀληθεύει ·
εἰς τὸ παζάρι κάθουντον καὶ ὅλους τοὺς ἐγέλα,
ὅσα καὶ ἂν ἐμάντευεν κανένα δὲν ὠφέλα.
Τότε διάβηκεν ἐκεῖ κάποιος καὶ τὸν λέγει
6 ὅτι τὸ σπίτι τὸ 'κλεψαν, καὶ ἄρχισε νὰ κλαίγη.

---

38. 2. βοϊδόνευρον. 5. πρᾶγμα. 6. βούνευρο. 7. συχωθοῦσι. 8. ἀρχ ινήσαν. πε-
νοῦσι.
39. 1. ἤτοναι. μαντεύη. 2. ἀληθεύη. 6. σπῆτι τὸ κλέψαν.

Ἔτρεχεν καὶ ἐπήγαινεν ὁ μάντης νὰ τὸ μάθῃ
τὸ πρᾶγμα ποῦ συνέβηκε, ἐξαίφνης ποῦ 'χε πάθῃ.
Ἔνας τὸν εἶπεν : « ἄνθρωπε, αὐτά 'ναι ποῦ μαντεύεις,
καὶ ἐκαυχάσουν εἰς ἡμᾶς κ' ἔλεγες ἀληθεύεις ;
ἐσὺ διὰ τοῦ λόγου σου ποσῶς καὶ δὲν ἠξεύρεις,
12 τῶν ἄλλων τὰ παθήματα πῶς δύνασαι νὰ εὕρῃς ; »
                    Ἐπιμύθιον.
Ὁ μῦθος διὰ ἄτυχους λέγει ποῦ ἑρμηνεύουν,
τοὺς ἄλλους διατάσσουσι τάχα ὅτι ἠξεύρουν.

40 (296 β).

Μῦθος μυρμηκίου.

Μύρμηξ ἐδίψησε πολλὰ καὶ εἰς πηγὴν κατέβη,
νὰ πίῃ ἐβουλήθηκε κ' εἰς τὸ νερὸ ἐσέβη ·
καὶ τὸ νερὸ τὸν ἔσυρε σὰν ἤτονε τὸ ῥέμα ·
περιστερὰ τὸν εἶδ' ἐκεῖ μὲ λυπημένον βλέμμα ·
τὸν μύρμηκα λυπήθηκε, τὸν ἔρριξε κλωνάρι,
6 μὴ νὰ καθίσῃ ὁ πτωχός, ἔξω νὰ τὸν ἐπάρῃ.
Ἐκάθισεν ὁ μύρμηκας κ' εὐθὺς ἐλευθερώθη,
ἀπὸ τὸν μέγαν κίνδυνον τῆς ὥρας ἐλυτρώθη.
Πουλιολόγος τὸ λοιπὸν τὴν στράταν περιπάτει,
καὶ εἶδε τὴν περιστερὰν καὶ ἔστησε πλεμάτι ·
νὰ τὴν πιάσῃ θέλησε τότε τὴν περιστέραν ·
12 ἀλλὰ ἰδέτε τ' ἔπαθεν ἐκείνην τὴν ἡμέραν !
Σὰν ἤτον μὲ τὴν ἔννοιαν διὰ τὸ περιστέρι,
καὶ 'βάστα τὰ καλάμια μὲ τό 'να του τὸ χέρι,

---

7. ἐπήγενεν. 9. αὐτάνε. μαντεύῃς. 10. ἀληθεύῃς. 11. ἠξεύρῃς. 12. εὕρεις.
40. 2. ἐβουλίθηκε. 3. ἤτουν. ῥεῦμα. 4. ἴδ'. 5. λυπίθηκε. ἔριξε κλονάρη. 7. ἐκά-
θησεν. 9. περιπάτη. 11. περιστέρα. 13. ἔνοιαν. 14. τόνα.

ἔδραμε τότ' ὁ μύρμηκας, στὸν πόδα τὸν δαγκάνει,
καὶ κεῖνος ἀκ τὸν πόνον του κάτω στὴν γῆν τὰ βάνει.
Τότε καὶ ἡ περιστερὰ ἐγρύκησέ το ἅμα,
18 ἐπέταξε καὶ ἔφυγε, σὰν ἔμαθε τὸ πρᾶμα.
            Ἐπιμύθιον.
Τοὺς εὐεργέτας λέγει μας ὁ μῦθος νὰ ποιοῦμεν
ἀνταμοιβὰς καὶ χάριτας, πάντα νὰ χρεωστοῦμεν.

41 (306 β).

Νυχτερίδα, αἴθυια καὶ βάτος.

Τὴν νυκτερίδα λέγουσι καὶ αἴθυιαν καὶ βάτο
ζωὴν καλὴν ζητούσασι νὰ μὴν εἶν' παρακάτω ·
πραγματευτάδες νὰ γενοῦν ἠθέλησαν, νὰ πλεύσουν,
καὶ εἰς καράβιν νὰ ἐμποῦν, νὰ πᾶν νὰ ταξιδεύσουν.
Ἡ νυκτερίδα τὸ λοιπὸν ἐπῆγε κ' ἐδανείσθη,
6 καὶ ἄσπρα τοῦ συντρόφου της ἔδωκε μὲ τὴν πίστη ·
ἡ βάτος ροῦχον ἔδωκε καλὸν στὴν συντροφία
καὶ χάλκωμα ἡ αἴθυια, καὶ ἔπλευσαν γιὰ μία.
Χειμῶνας τοὺς ἐπλάκωσε καὶ τὸ καράβι πνίγη,
καὶ μία μία ἔβλεπε νὰ βγῆ ἔξω νὰ φύγη.
Μόνες λοιπὸν ἐγλύτωσαν, ἐχάθ' ἡ πραγματεία
12 καὶ εἴ τι πράγματά 'χασι μέσα στὴν συντροφία.
Καὶ διὰ τοῦτο, λέγουσιν, ἡ αἴθυια γυρεύει
τὸ χάλκωμα στὴν θάλασσαν, ζητεῖ μήπως καὶ εὕρῃ ·
ἡ νυκτερίδα καὶ πετᾷ νύκτα μὴν τὴν ἰδοῦσι
οἱ δανεισταί, πιάσουν την καὶ τ' ἄσπρα τους ζητοῦσι ·
ἡ βάτος πάλιν καθενοῦ σύρνει του τὴν ποδία,
18 τὸ ροῦχον της μὴ νὰ εὑρῇ ποῦ 'χε στὴν συντροφία.

---

15. δαγκάνη. 16. βάνη. 18. πρᾶγμα. 19. πιοῦμεν. 20. χρεοστοῦμεν.
   41. 2. ἦν. 5. ἐδανίσθη. 8. γιαμία. 9. καράβη. 10. ναύγεῖ. 13. γυρεύη. 16. δανι-
σταί. 17. καθ' ἑνοῦ.

Ἐπιμύθιον.
Ὁ μῦθος λέγει μας ἐδῶ : εἰς πρᾶγμα ποῦ ζητοῦμεν,
εἰς κεῖνο ἕως ὕστερον πέφτομεν, ἂν γρυκοῦμεν.

42 (305).

Ἀσθενὴς καὶ ἰατρός.

Κάποιος ἦταν ἀσθενὴς καὶ κείτουντον στὴν στρώση,
καὶ λάλησ' ἕναν ἰατρὸν μὴ νὰ τὸν ἐγλυτώσῃ ·
ὁ ἰατρὸς τὸν ἄρρωστον ρωτᾷ τον πῶς περνάει ·
καὶ εἶπεν τον ὁ ἀσθενὴς πῶς ἴδρος τὸν ὑπάει ·
Εἶπε τον τότ' ὁ ἰατρὸς ὅτι νὰ μὴν φοβῆται,
6 καὶ, ἂν ἱδρώνῃ δυνατά, μεγάλως ὠφελεῖται.
Ἄλλην φορὰν ἠρώτησε · λέγει 'τι παρωξύνθη
καὶ τόσον ἐπειράχθηκεν σὰν νά 'τον εἰς τὰ βύθη.
Λέγει τον πάλ' ὁ ἰατρός : « εἰς τοῦτο μὴ φοβεῖσαι,
γλήγορα θέλεις σηκωθῆν, ὁλόγερος νὰ εἶσαι. »
Ἐκ τρίτου τὸν ἠρώτησε · τότε ἀσθενισμένος
12 λέγει : « ἰδοὺ ποῦ γένηκα ὑδρωπικιασμένος. »
Λέγει τον πάλ' ὁ ἰατρὸς πῶς θέλει ὑγιάνῃ
καὶ τὴν ἀσθένειαν ποσῶς στὸν νοῦν του μὴν τὴν βάνῃ.
Κάποιος τότε φίλος του τὸν ἀσθενῆ ρωτᾷ τον
πῶς εἶναι, πῶς εὑρίσκεται · πολλὰ παρηγορᾷ τον ·
λέγει : « ὦ φίλε ἀδελφέ, ἐγίνηκα χαμένος,
18 ὅλον καλά, ὅλον καλά, καὶ εἶμαι χαλασμένος. »
Ἐπιμύθιον.
Ὁ μῦθος λέγει πῶς πολλοὶ βαρύνονται τὰ λόγια
ὅσα 'ναι ἀνωφέλετα σὰν νά 'σαν μυρολόγια.

---

42. 1. κοίτουντον. 3. ἄρωστον. περνάῃ. 4. ὑπάγῃ. 7. παροξύνθη. 9. φοβῆσαι.
10. γλύγορα. συκωθεῖν. 11. ἀσθενησμένος; 12. ὑδροπικιασμένος. 13. θέλῃ.

43 (308).

Μῦθος τζικουρίου.

Λέγουν ποτὲ εἰς ποταμὸν τζικούρι ξυλοκόπου
μεσά 'πεσε ποῦ τό 'καμε μετὰ μεγάλου κόπου ·
ἐκάθουντον καὶ ἔκλαιε, δὲν εἶχε τί νὰ κάμῃ ·
καὶ ὁ Ἑρμῆς τὸν ἤκουσε, τὴν ὥραν εἶχε δράμῃ ·
καὶ μέσα μπῆκε καὶ χρυσὸν ἄλλο ἀνέβασέν τον,
6 ὅτι τὸν ἐλυπήθηκε, καὶ κεῖνο χάρισέν τον.
Ὁ ξυλοκόπος τὸ χρυσὸν δὲν ἤθελε νὰ πάρῃ,
μόν' τὸ δικό του γύρευε καὶ νὰ τὸν ἔχῃ χάρη.
Πάλε κατέβη ὁ Ἑρμῆς κ'ἔφερεν ἀσημένιο,
ἐκεῖνος δὲν τὸ θέλησε σὰν νά 'τον μολιβένιο ·
ἐκ τρίτου πάλιν ὁ Ἑρμῆς στὸν ποταμὸν κατέβη,
12 καὶ τὸ δικό του ἤφερε, ἀπάνω σὰν ἀνέβη.
Ὡσὰν τὸν εἶδεν ὁ Ἑρμῆς τὴν γνώμην ὅπου ἔχει,
καὶ τὴν δικαιοσύνην του, τ' ἄδικον δὲν παντέχει,
τὰ τρία τὰ τζικούρια τότε ἐχάρισέν τα,
καὶ τὸ χρυσὸν καὶ τ' ἀργυρόν, ὅλα ἐδώρησέν τα.
Ἐκεῖνος τότε μὲ χαρὰν εἰς τοὺς συντρόφους τρέχει,
18 καὶ τὸ χρυσὸν καὶ τ' ἀργυρὸν στὰ χέριά του ἔχει ·
εἶπεν τους ὅσα ἔπαθε καὶ τὴν εὐημερίαν,
πῶς ὁ Ἑρμῆς τὸν ἔκαμεν πολλὴν εὐεργεσίαν.
Ἕνας λοιπὸν ἀπὸ χεινοὺς ἔτρεξεν, ἐδιάβη,
καὶ τὸ τζικούρι τ' ἄφησε στὸν ποταμὸν καὶ πάγει ·
ἐκάθουντον καὶ ἔκλαιε καὶ πικραμένος ἦτον,
24 μὴ νὰ ἐλθῇ τότ' ὁ Ἑρμῆς καὶ δῇ καὶ λυπηθῇ τον,
καὶ δώσῃ τον τζικούρια, σὰν ἔδωκε τὸν ἄλλον,

---

43. 1. λέγον. 2. μέσα πέσε. 9. πάλαι. ἀσιμένιο. 11. κατεύη. 14. παντέχη. 17. τρέχη.
18. ἔχη. 22. ἄφισε. πάγη. 24. δεῖ. λυπιθῇ.

κ' εὐεργεσίαν κάμῃ τον, πολὺ καλὸν μεγάλον.
Τότε ἐφάνη ὁ Ἑρμῆς καὶ εἶδε τον πῶς κλαίγει ·
ἄρχισε τότ' ὁ ἄνθρωπος τὸ πρᾶγμα νὰ τὸ λέγῃ ·
τότ' ὁ Ἑρμῆς ἐσέβηκε, κ' εἶχε τον ἀνεβάσῃ,
30 ἕνα χρυσὸν τὸν ἔδειξε μόνον νὰ δοκιμάσῃ ·
καὶ λέγει τον : « ὦ ἄνθρωπε, τοῦτο 'ν' ὁποῦ 'χες χάσῃ ; »
« Ναὶ, λέγει τον, ἀφέντη μου · » κ' ἤθελε νὰ τ' ἀρπάσῃ.
Πολλὰ τὸν ἐστοχάστηκε πῶς ἐντροπὴν δὲν ἔχει,
καὶ νὰ τὸ πάρῃ ἔπασχε, κ' ἔστεκε καὶ παντέχει ·
καὶ κεῖνος τὸ ἐκράτησε καὶ τὸ δικό του ἀντάμα ·
36 κ' ἕνα καὶ ἄλλο ἔχασε, καὶ πῆγε μὲ τὸ κλᾶμα.
Ἐπιμύθιον
Ὁ μῦθος λέγει : ὁ θεὸς δικαίους βοηθᾷ τους,
τοὺς ἀδίκους ὀργίζεται καὶ πάντοτε μισᾷ τους.

44 (329).

Γάδαρος καὶ κηπουρός.

Γάδαρος ἕναν κηπουρὸν ἐδούλευε μὲ πάθη,
καὶ λίγα τὸν ἐτάγιζε, πτωχὸς ἐκαταστάθη ·
καὶ τοῦ θεοῦ δεήθηκε σ' ἀφέντην νὰ ὑπάγῃ
εἰς ἕτερον καλλίτερον, νὰ πίῃ καὶ νὰ φάγῃ.
Ἐπήκουσέν τον ὁ θεός · τότε κι ἀλλοῦ πουλήθη ·
5 χειρότερα ὁ γάδαρος πάλιν ἐκαταλύθη ·
εἰς κεραμάρην ἔτυχεν, ἀφέντην ὠργισμένον,
καὶ πάντοτε τὸν γάδαρον εἶχε τον παιδεμένον ·
ποσῶς ποτὲ ἀκ τὴν δουλειὰν τὸν ἄφινε τελείως,
φαγὶ καὶ δὲν τὸν ἔδιδε, μήτε νερὸν ὁμοίως.

---

26. κάμει. 28. ἄρχησε. λέγει. 31. τοῦτον. 33. ἔχη. 34. παντέχη. 38. ἀδίκους.
44. Intitulé. κηπηρός corrigé en κηπουρός. 1. κηπηρὸν corrigé en κηπουρὸν.
5. καὶ et au dessus κι. 7. ὀργισμένον. 10. Il y avait d'abord καὶ δὲν τὸν ἔδιδε φαγὶ.

3

Πάλιν λοιπὸν ἐδέουντον ἀλλοῦ νὰ τὸν πουλήσουν,
12 ἂν τύχῃ νὰ λευθερωθῇ, τὰ βάρη τὸν ἀφήσουν.
Εἰς ἄλλον ἐπουλήθηκε χειρότερον 'κ τοὺς πρώτους,
ὁποῦ πετζία δούλευε, κ' εἶχε μεγάλους κόπους ·
καὶ τόσον τὸν ἐδούλευεν ἔξω ἀπὸ τὴν φύση,
ὅτ' ἔπεφτεν ὁ γάδαρος, ἂν εἶχες τὸν φυσήσῃ.
Τότε μὲ στεναγμὸν πολὺν ἀρχίνισε νὰ λέγῃ,
18 καὶ τὸν πρῶτον ἀφέντην του θυμήθηκε καὶ κλαίγει ·
« κάλλιον νὰ ἐκάθουμουν ἐκεῖ ὁποῦ 'μουν πρῶτα,
νὰ μ' ἔλειπαν τὰ φαγητὰ καὶ τὰ 'μορφα τὰ χόρτα ·
ὅτι ἐτοῦτος, ὡς θωρῶ, θέλει νὰ μὲ χαλάσῃ,
καὶ τὸ πετζί μου ὕστερα μέλλει νὰ τὸ ἐργάσῃ. »
           Ἐπιμύθιον.
Ὁ μῦθος λέγει μας ἐδῶ διὰ τοὺς δουλευτάδες,
24 πῶς ὕστερα γυρεύουν τους τοὺς πρώτους ἀφεντάδες.

45 (340).

Μῦθος κυνηγοῦ.

Λέγουν πῶς ἕνας κυνηγὸς ἐπῆγε μιὰ παγίδα
νὰ στήσῃ, κ' ἔπασκε πολλά, κ' εἶχε καλὴν ἐλπίδα
πουλὶ νὰ πάγῃ, ὄρνεον διὰ νὰ τὸ πιάσῃ,
καὶ τὴν παγίδα μὲ χαρὰν τότε τὴν εἶχε φτειάσῃ.
Ὄρνεον τὸν ἠρώτησε τί κάμνει 'κεῖ νὰ μάθῃ,
6 ἐκεῖνος πρὸς τὸ ὄρνεον εἶπε πῶς ἔχει πάθη
κάστρον διὰ νὰ βουληθῇ νὰ κάμῃ καὶ νὰ κτίσῃ
εὔμορφον, ὡραιότατον, νὰ μὴν εἶναι στὴν κτίση.
Τὸ ὄρνεον κρυβήθηκε νὰ δῇ τί θέλει γένῃ,

---

11. πουλήσουν. 12. ἀντύχη. ἀφήσουν. 13. ἐπουλήθηκε. κτοὺς. 16. τότ' ἔπευτεν.
17. ἀρχίνησε. 18. κλαίγη. 19. κάλιον. κάθουμουν. 20. μέλι πάντα φαγιτὰ. 21. θορῶ.
45. 2. ἔπασχε et au dessus ἔπασκε. 4. φτιάση. 7. βουλιθῇ. 9. κριβήθικε. δεῖ.

καὶ τὸ πουλί 'δραμεν ἐκεῖ, κ' εἰς τὴν παγίδα μπαίνει.
Ἐκεῖνος τότε ἔτρεξεν στὸ ὄρνεον ἀπάνου,
13 καὶ κεῖνο λέγει : « ἄνθρωπε, ποῦ ἔχεις λόγους πλάνου,
σ' αὐτὸ τὸ κάστρο ποῦ 'κτισες τινάς δὲν θέλ' οἰκήσῃ,
ποῦ νά 'ναι, λέγω, γνωστικὸς νὰ ἔλθῃ νὰ καθίσῃ.
Ἐπιμύθιον.
Διὰ ἀφέντες λέγει μας ὁποῦ ὁρίζουν κάστρη
πρέπει νὰ εἶν' ἀληθινοί, καθάριοι σὰν τ' ἄστρη.

46 (315).

Μῦθος στρατοκόπου.

Στράταν ποτὲ περιπατῶν κάποιος στρατοκόπος,
ἡ στράτα τὸν ἐπείραξε καὶ ὁ πολὺς ὁ κόπος ·
καὶ τοῦ Ἑρμοῦ δεήθηκε πρᾶγμ' ἂν εὕρῃ νὰ φάγῃ,
τὸ ἥμισύ τινα ἐκεῖ θυσία νὰ τοῦ πάγῃ.
Κ' ηὗρε λοιπὸν φοινίκια, μύγδαλα μὲ σακκούλι,
6 κ' ἔκατζε καὶ καθάρισε καὶ ἔβγαλε τὸ φλούδι.
Τῶν ἀμυγδάλων ἔφαγε τὰ μέσα ποῦ φοροῦσαν,
καὶ τὰ φοινίκιά 'φαγεν ἀπέξω εἴ τι ἦσαν.
Τότ' εἶπε : « νὰ καὶ σύ, Ἑρμῆ, μέρος νὰ φᾶς περίσσιο,
καὶ ἀπὸ μέσα κ' ἔξωθεν πόν' μοιρασμένον ἴσιο.
Ἐπιμύθιον.
Ὁ μῦθος λέγει καὶ ἐδῶ διὰ τοὺς φιλαργύρους,
12 καὶ τὸν θεὸν γελοῦσιν τον, μοιάζουν σὰν τοὺς χοίρους.

---

13. οἰκίσῃ. 14. καθήσῃ.
46. 3. πρᾶγμα avec le dernier α biffé. 4. ἥμισ' εἴ. 5. ηὖρε. σακούλι. 6. εὖγαλε.
10. ποῦν puis πόν dans l'interligne. μειρασμένον. 11. φυλαργύρους.

47 (351).

Μῦθος κλέπτου παιδίου.

Ἕνα παιδὶ ποῦ σπούδαζεν ἔκλεψε πινακίδα
καὶ μὲ χαρὰν στὸ σπίτι του ἐπήγαινε κ' ἐπήδα ·
τὴν μάννα του τὴν ἔδειξε, καὶ κείνη τὸ ἐχάρη
οὐδὲ τὸ καταρίστηκεν, οὐδ' εἶχε τὸ προπάρη ·
τόσον εἰς τὸ χειρότερον κλέπτης ἐκαταστάθη,
6 καὶ τόσον τὰ κατάμαθε τὰ τῆς κλεψίας πάθη,
ὅτι καὶ εἰς τὴν ἀγορὰν ἐπιάστη παρρησίᾳ,
καὶ τότε ἐθυμήθηκε μητρὸς τὴν ἀγνωσία.
Ὅταν λοιπὸν ἐπήγαιναν διὰ νὰ τὸν κρεμάσουν
καὶ διὰ ἕναν ἄτυχον νὰ πᾶν νὰ τὸν χαλάσουν,
τοὺς στρατιώτας εἶπεν τους λίγον νὰ τὸν βαστάξουν,
12 καὶ τὴν μητέρα του ἐκεῖ νὰ πᾶσι νὰ τὴν κράξουν ·
εἶπε τους : « λόγον μυστικὸν ἔχω νὰ πῶ ν' ἀφήσω
κρυφὰ στ' αὐτὶ τὴν μάννα μου λόγον νὰ τὴν λαλήσω. »
Ἡ μάννα του τότ' ἔδραμε τὸν λόγον νὰ ἀκούσῃ ·
καὶ ὅλοι τότε στέκουντον νὰ δοῦν τί θέλουν ποῦσι.
Ἐκεῖνος μὲ τὰ δόντια τ' αὐτί της ἔδραξέ το,
18 καὶ σὰν σκυλὶ τὸ ἄρπαξε, πάραυτα ἔκοψέ το.
Ὅσοι τὸν εἴδανε λοιπὸν ἐκατηγόρησάν τον,
τὸ πῶς καὶ τότ' ἀσέβησεν ὅλοι τους ὕβρισάν τον.
Ἐκεῖνος ἀποκρίθηκε, λέγει : « δὲν μὲ λυπᾶσθε;
αὐτή 'ταν ποῦ μὲ χάλασεν, καὶ σεῖς μὲ καταρᾶσθε;
Ὅταν ἐγὼ τὰ πρῶτ' ἀρχῆς ἐπῆγα κ' ἔδωκά την
24 τὴν πινακίδα ποῦ 'κλεψα καὶ ἐπαρήγγειλά την

---

47. 2. σπῆτι. ἐπῆγενἑκεπίδα. 3. μάνα. 4. οἶχε. 9. ἐπῆγεναν. 13. ἔχων νὰ πῶ νὰ φἱσῶ. 14. σταφτὶ. μάνα. 15. μάνα. 16. ποῦση. 17. Après δόντια il y a του effacé par deux traits à l'encre rouge. 19. οἶδανε. 21 λυποῦσθε (?). 23. τὰ est écrit dans l'interligne. ἐπῆγα.

νὰ μὴν τὸ πῇ ποτέ τινος, ἔπρεπεν νὰ μὲ βρίσῃ ·
αὐτὴ λοιπὸν ἠθέλησε τοιοῦτον νὰ μὲ ποίσῃ. »
Ἐπιμύθιον.
Ὁ μῦθος λέγει : ἡ παίδευσις ἡ πρώτη 'ναι π' ἀξίζει,
καθὼς τὸ εἶπ' ὁ Αἴσωπος κ' εἰς τὸ χαρτὶ τ' ὁρίζει.

48 (370 в).

Μῦθος βοσκοῦ.

Βοσκὸς ἔβοσκε πρόβατα στὴν θάλασσα πλησίον,
στὸν νοῦν του λογαρίαζε πῶς νὰ κερδίσῃ βίον ·
ἔβλεπε τὸν αἰγιαλὸν σὰν ἦτον εἰς γαλήνη ·
τὰ πρόβατά του πούλησε, τὴν τέχνην του ἀφίνει ·
φοινίκια ἠγόρασε, τά 'βαλεν εἰς καράβι,
6 καὶ ταξιδάρης γίνηκε, τὴν στράταν ἐδιάβη ·
χειμῶνας τὸν ἐπλάκωσε καὶ θάλασσα μεγάλη,
καὶ χύσιν ὅλα τά 'καμε κ' εἶχε μεγάλην ζάλη ·
καὶ μόνος του ἐγλύτωσε ἀκ τὴν πολλὴν φουρτοῦνα,
κ' ἡ πραγματεία χάθηκε καὶ ὅλη ἡ κατοῦνα.
Τότε μὲ μέρες μερικὲς στὴν θάλασσαν κατέβη,
12 καὶ ἐθυμήθη τὸν καιρὸν τότε ὁποῦ ἐσέβη ·
« γαλήνη ἦτονε πολλή, λέγει πρὸς ἕναν ἄλλον,
ἡ θάλασσα μὲ ἔκαμε πολὺ κακὸν μεγάλον,
καὶ διὰ τοῦτο ταπεινὰ τὰ κύματά της πάγει,
ἴσως καὶ πάλι ὀρέγεται φοινίκια νὰ φάγῃ. »
Ἐπιμύθιον.
Ὁ μῦθος τὰ παθήματα λέγει ὅτι μαθαίνουν,
18 καὶ πάντες νὰ φυλάγωνται, ἂν θέλουν νὰ κερδαίνουν.

---

25. πετ. βρίσῃ. 27. ἀξίζῃ. 28. ὁρίζῃ.
48. 4. ἀφίνῃ. 10. πραγματεῖα. 11. μέραις μερικαῖς. 15. πάγῃ. 16. πάλιν.
17. μαθένουν. 18. φυλάγονται.

49 (385).

'Ροϊδία καὶ μηλία.

Διὰ τὴν ὡραιότητα ἐμάλλωνε ῥοϊδία
καὶ μάχην ἀναμέσον τους εἶχαν μὲ τὴν μηλία.
Κ' ἡ βάτος ἀπεκρίθηκε, λέγει : « ἂς σιωποῦμεν ·
ὅτι ὅλες ἴσιες εἴμεστεν, ἂς μὴν κατηγοροῦμεν. »
          'Επιμύθιον.
Ὁ μῦθος λέγει πῶς πολλοὶ ἀνάξιοι ἐμπαίνουν
5 μὲ τοὺς μεγαλιότερους, ἄξιοι μὴν νὰ γένουν.

50 (71).

Μῦθος ἀσπαλάγκου.

Τὸ ζῶον ὁ ἀσπάλαγκος εἶναι τετυφλωμένον
καὶ τῆς μητρός του εἶπε της λόγον κατεγνωσμένον :
« συκαμινέαν, μῆτερ μου, λέγει, ἐβλέπω τώρα · »
« θυμίαμα μυρίζομαι, » λέγει της, ἄλλην ὥρα ·
καὶ πάλιν τρίτον λέγει της : « μῆτερ, ἀκούω κτύπον. »
5 Καὶ κείνη λέγει : « δὲν μὲ λὲς τὰ πάντα πῶς σὲ λείπουν,
καὶ ὄχι μόνον δὲν θωρεῖς, ἀλλὰ καὶ δὲν ἀκούεις,
οὐδὲ ποσῶς μυρίζεσαι, καὶ δῶ καὶ κεῖθεν κρούεις. »
          'Επιμύθιον.
Διὰ τοὺς ὑπερήφανους λέγει ὁ μῦθος τώρα
τὸ πῶς καυχοῦνται πάντοτε, ἂν ἔχουν καὶ τὴν ψώρα.

---

49. Intitulé. μηλία. 1. ἐμάλλωνε 2. ἤχαν μηλία. 4. ὅλαις ἴσιαις ἤμεστεν,
50. 3. τώρα 5. μήτερ. 6. λίπουν. 7. θορεῖς. 9. τώρα. 10. ψώρα.

51 (392)

Σφῆκες καὶ πέρδικες.

Σφῆκες καὶ πέρδικες πολλὰ ἀπὸ νερὸ διψοῦσαν,
ἐπῆγαν σ' ἕναν γεωργὸν, νὰ πίουν ἐζητοῦσαν ·
οἱ πέρδικες τὸν ἔλεγαν χάριν νὰ τὸν ἐποίσουν
νὰ σκάπτουν τὸ ἀμπέλι του καὶ νὰ τὸ κανακίσουν ·
οἱ σφῆκες πάλιν ἔλεγαν τὸ γῦρο νὰ φυλάγουν,
6 τοὺς κλέπτας νὰ κεντρώνουσι ἐκεῖ νὰ μὴν ὑπάγουν.
Ὁ γεωργὸς τοὺς εἶπ' ἐκεῖ πολλὰ νὰ μὴν λαλοῦσι,
τὰ λόγια ὁποῦ 'πασι τίποτε δὲν φελοῦσι ·
ὅτι ἐκεῖνος βόδια ἔχει ὁποῦ 'ν' σὲ χρεία
τίποτες δὲν τὸν τάζουσι, σὰν πᾶσι στὴν δουλεία,
καὶ τὸ νερὸ τὰ βόδια ἂς πίουν ποῦ δουλεύουν
12 ἐμπιστεμένα καὶ καλά, ποτέ τους δὲν ὀκνεύουν.
                    Ἐπιμύθιον.
Διὰ ἀδιαφόρετους ὁ μῦθος ἐνθυμίζει ·
ὁ λόγος τους εἶν' ψεύτικος, τίποτα δὲν ἀξίζει.

52 (398).

Μῦθος ὀρνέων.

Μίαν φορὰν τὰ ὄρνεα ἠθέλησαν νὰ στήσουν
ἀφέντην εἰς τὴν μέσην τους καὶ νὰ τὸν προσκυνήσουν.
Τότε παγώνι στάθηκε ἡ' ἤθελε παρρησίᾳ
εἰς ὅλ' ἀφέντης νὰ γενῇ, νὰ ἔχῃ ἐξουσία.

---

51. Intitulé et vers 1. σφῖκες. 2. σέναν. 3. D'abord τὸν ἔλεγαν οἱ πέρδικες.
ἐποίσουν. 5. σφῖκες. γύρο. 8. ὁποῦ πᾶσι. 9. ὁποῦν. 10. δουλία. 12. ὠκνεύουν. 14. ἦν.
52. 4. ὅλα. ἔχει.

Μία τοῦ ἀποκρίθηκε κουροῦνα καὶ τοῦ εἶπε :
5 « δὲν εἶσαι ἄξιον ἐσύ, ἀπὸ τὴν μέσην λεῖπε,
ὅτ’ ἀετὸς σὰν μᾶς εὑρῇ καὶ θέλῃ νὰ μᾶς σώσῃ,
κἀνένα ὄρνεον ἐσὺ δὲν θέλεις τὸ γλυτώσῃ. »
Ἐπιμύθιον.
Ὁ μῦθος λέγ’ : οἱ ἄρχοντες στὰ κάλλη μὴν θαρροῦσι,
ἀλλὰ ἀνδρείαν, φρόνησιν ἐτοῦτοι νὰ κρατοῦσι.

53 (407).

Μῦθος ἀγριοχοίρου.

Ἕνα ἀγριογούρουνον ἐπῆγε ν’ ἀκονίζῃ
τὰ δόντιά του εἰς δενδρόν, εἶχε τὰ καλλωπίζῃ ·
μί’ ἀλεποῦ ἠρώτησε τὴν ἀφορμὴ νὰ μάθῃ
σὰν ἔχει τὴν συνήθειαν διὰ νὰ μὴν τὴν λάθῃ.
Ἐκεῖνο τότε εἶπεν την πῶς ἕτοιμα τὰ ἔχω
5 καὶ μετ’ ἐκεῖνα τὸν ἐχθρὸν πάντα τὸν ἀπαντέχω.
Ἐπιμύθιον.
Ὁ μῦθος λέγει : πρέπει μας νὰ ’μεστεν ξωρθωμένοι
πρὸ τοῦ νὰ ἔλθῃ κίνδυνος, πάντα διωρθωμένοι.

54.

Μῦθος πουλέου.

Ἕνα πουλὶ πιάστηκε κ’ ἔκλαιγε τ’ ἐχαλάστη,
σίτου κουκκὶ νὰ ὀρεχθῇ εἰς τὴν παγίδα πιάστη ·
ἔκλαιγε καὶ ἐδάκρυζε καὶ ἐπαραπονεῖτον

---

6. ἧσε. μέσιν. 8. κἂν ἕνα puis κανένα. θέλῃς. 9. θαροῦσι.
53. 1. νὰ κονίζει. 2. καλλωπίζει. 7. ξορθωμένοι. 8. διορθωμένοι.

πῶς ἄδικα πιάστηκε κ’ εἰς τὴν παγίδα ἦτον,
χωρὶς νὰ κλέψῃ μάλαμα, ἀσήμι ἢ λογάρι,
ε εἰς τὴν παγίδα ἔλαχε γιὰ δυὸ κουκκιὰ σιτάρι.
Ἐπιμύθιον.
Ὁ μῦθος διὰ ἐκεινοὺς λέγει ὁποῦ πλανοῦνται,
διὰ ὀλίγον τίποτες μόνον καταχαλοῦνται.

55 (303).

Μῦθος λαφοπούλου.

Λαφόπουλον τὴν μάννα του ἐρώτησε νὰ μάθῃ
καὶ λέγει της : « μητέρα μου, πῶς ἔχεις τόσα πάθη ;
τοὺς σκύλους πάντα φεύγεις τους ποῦ ’ναι μικροὶ ’πὸ σένα ;
τὸ πρᾶγμα ξεκαθάρισε, εἰπέ με το καὶ μένα ·
ἐσὺ μεγάλη βρίσκεσαι, γλήγορη στὰ ποδάρια,
ε καὶ φεύγεις γληγορώτερα ’κ τ’ ἄλογα, ’κ τὰ μουλάρια ·
εἰπέ με τὴν ὑπόθεσιν τώρα νὰ τὸ γρυκήσω,
ὅτι, ἂν δὲν μὲ τὸ εἰπῇς, δὲν θέλω νὰ σ’ ἀφήσω. »
Ἡ ἔλαφος ἐγέλασε καὶ λέγει του : « παιδί μου,
νὰ σὲ εἰπῶ καὶ γρύκησε τὴν γνώμην τὴν δική μου ·
ἀλήθεια λέγεις αὐτά, πρέπον ’ναι νὰ τὰ κάμω,
12 ἀλλὰ τὸν σκύλον σὰν ἰδῶ, μόν’ τρέχω πῶς νὰ δράμω. »
Ἐπιμύθιον.
Ὁ μῦθος λέγει : τοὺς δειλοὺς ὅσον τοὺς παραινοῦσι,
ποτέ τους δὲν ἀνδρίζονται, ἂν ξαναγεννηθοῦσι.

---

54. 5. κλαίψῃ. ἀσῆμι. 6. δύο κουκκία. 7. κεινούς.
55. 1. μάνα. 3. ποσένα. 4. ξεκαθάρησε. 6. γληγορότερα κατ’ ἄλογα κτά. 7. τώρα.
8. ἀνδὲν. ἀφίσω. 12. μῶν. 14. ἀνδρίζονται avec le premier ν dans l’interligne.

56 (237 в).

Μῦθος λαγωῶν.

Οἱ λαγωοὶ συνάχθησαν κ' ἔκλαιγαν τὴν ζωήν τους
ὅτ' εἶναι φοβιτζάρηδες κ' εἶναι εἰς ἐντροπήν τους,
καὶ τοὺς ἀνθρώπους τρέμουσι, τοὺς σκύλους τοὺς φοβοῦνται,
ἀλλὰ καὶ ἀπὸ ἀετοὺς πάντα καταχαλνοῦνται.
Ὅλοι λοιπὸν ἠθέλησαν νὰ πᾶσι νὰ πνιγοῦσι,
6 τοὺς τρόμους καὶ τὰ βάσανα νὰ τὰ λευθερωθοῦσι ·
καὶ ἔτζι τὸ βεβαίωσαν, εἰς λίμνην διαβῆκαν.
Ἀκόμη ὅτι ἔφθασαν καὶ μέσα δὲν ἐμπῆκαν,
ἀκούουσιν οἱ βάτραχοι τὴν ταραχὴν στὸν δρόμον,
καὶ εἰς τὴν λίμνην ἔπεσαν μὲ φόβον καὶ μὲ τρόμον.
Τότ' ἕνας φρόνιμος λαγὸς λέγει τους : « μὴ σεβῆτε,
12 μικροὶ μεγάλοι λαγωοί, ἀκούσετε, σταθῆτε.
ὅτι ἐδῶ ποῦ ἤλθάμεν, ηὕραμεν ζῶα ἄλλα
χειρότερα ἀπὸ ἐμᾶς, δὲν εἶναι καὶ μεγάλα ·
καὶ διὰ τοῦτο πρέπει μας ὀπίσω νὰ στραφοῦμεν,
ἀνάμεσά μας σήμερον νὰ παρηγορηθοῦμεν. »
                    Ἐπιμύθιον.
Ὁ μῦθος λέγει πῶς τινὲς κάπου σὰν δυστυχοῦσι
18 κ' ἰδοῦν ἄλλους χειρότερα, τότε ἀλησμονοῦσι.

57 (328).

Μῦθος γαδάρου.

Γάδαρος ἕνας, λέγουσι, τὸ ἄλογον ἐπαίνα

---

56. 1. ἔγλαιγαν. 2. φοβητζάριδες. 5. πνηγοῦσι. 7. ἔτζη. 8. ἀκόμι. 11. φρόνημος.
12. σταθεῖτε. 13. ηὔβραμεν. 18. ἀλισμονοῦσι.

πῶς εἶναι εἰς ἀνάπαυσιν καὶ κάθεται ὅλο ἕνα,
ξύουν το καὶ ταγίζουν το, ποτέ του δὲν δουλεύει,
καὶ βλέπει το ἀφέντης του, ἔμορφα τ' ἀναπεύει ·
καὶ κεῖνος πάντα στὲς δουλειὲς εὑρίσκεται, στὸν κόπον,
ποτὲ χωρὶς τὴν δούλεψιν δὲν κάθεται σὲ τόπον.
Μίαν ἡμέραν τὸ λοιπὸν θωρεῖ ἀπὸ μακρία
τὸν στρατιώτην στ' ἄλογον κ' ἐκτύπα το μὲ βία ·
στὸν πόλεμον διάβηκε διὰ νὰ πολεμήσῃ ·
κάποιος τότε τ' ἄλογον ἐκεῖ 'χε τὸ κτυπήσῃ,
τότε ἀπιλογήθηκεν ὁ γάδαρος καὶ εἶπε,
τὸν ἑαυτόν του ἔλεγε · « γάδαρε, ἀπ' αὕτα λεῖπε,
ἂς λείπουν τὰ κανάκια καὶ τὰ πολλὰ φαγία,
μὴν σὲ καβαλλικεύσουν καὶ κτυποῦν σε μὲ τὴν βία. »
Ἐπιμύθιον.
Ὁ μῦθος λέγει : οἱ πτωχοὶ πρέπει τους νὰ ἀρχοῦνται,
ὅτι οἱ ἄρχοντες πολλὰ τὰ κίνδυνα φοβοῦνται.

58 (412 в).

Μῦθος φιλαργύρου.

Φιλάργυρος τὸν βίον του ἐπούλησε νὰ ποίσῃ
βῶλον μαλαματένιον νὰ μὴν εἶναι στὴν κτίση ·
ἔσκαψε κάτω εἰς τὴν γῆν, τὸν βίον ἔβαλέν τον
καὶ πήγαινε καθημερνῶς πάντα καὶ ἔβλεπέν τον ·
τὸν νοῦν του ἔβαλεν ἐκεῖ κ' εἶχε χαρὰν μεγάλη,
πάντοτε τὸν ἐσκότιζε τοῦ χρυσαφίου ἡ ζάλη.
Ἐγρύκησε τὴν ἀφορμήν, τὸ πρᾶγμα τὸ μανθαίνει
δοῦλος ὁποῦ τὸν ἔβλεπεν ἐκεῖ τὸ πῶς πηγαίνει.

---

57. 2. ὅλοἕνα. 3. ξίουν. δουλεύῃ. 4. ἀναπεύῃ. 5. σταῖς δουλιαῖς 7. ἀπομακρία.
11. ἀπηλογίθηκεν. 12. ἀπάυτα.
58. 1. ἐπούλισε. πίσῃ. 4. πήγενε. 7. μανθένῃ. 8. πιγένῃ.

Ἐπῆγε κ' ἔσκαψε κρυφὰ καὶ πῆρε τον τὸν βῶλον,
κ' ἔχασεν ὁ φιλάργυρος τότε τὸν βίον ὅλον.
Μίαν ἡμέραν τὸ λοιπὸν, σὰν ἧτον μαθημένος,
12 στὸν τόπον ἐδιάβηκεν περίσσια ζαλισμένος ·
θωρεῖ τὸν τόπον εὔκαιρον καὶ ἄρχισε νὰ κλαίγη ·
τότ' ἕνας τὴν ὑπόθεσιν ἔμαθε καὶ τοῦ λέγει :
« δὲν πρέπει, ὦ φιλάργυρε, τοιούτως νὰ λυπῆσαι,
ὅτι καὶ πρῶτα κ' ὕστερα ἐκεῖνος πάντα εἶσαι ·
ἐκεῖ στὸν τόπον ποῦ 'τονε τὸ μάλαμα βαλμένο,
18 κ' εἰς χρῆσιν δὲν τὸ ἔκαμες καὶ ἧτονε χαμένο,
πέτρα κομμάτι βάλ' ἐκεῖ καὶ τρέχε μὲ τὴν βίαν,
καὶ βλέπε την καθημερνῶς κ' ἔχε καλὴν καρδίαν ·
ὅτι τὴν χρείαν πόκαμε ἐκεῖ ποῦ 'ταν χωσμένος
καὶ πέτρα μία κάμνει την σὰν βῶλος χρυσωμένος. »
Ἐπιμύθιον.
Ὁ μῦθος λέγει μας ἐδῶ : ὁ βίος δὲν ἀξίζει
24 εἰς ἕναν ἀνωφέλητον ποῦ δὲν τὸν ἐγνωρίζει.

59 (421).

Χῆνες καὶ γέρανοι.

Χῆνες ποτὲ καὶ γέρανοι ἔβοσκαν σ' τόπον ἕνα,
ἀντάμα πάντα ἦτασι, μαζὶ ἐδιαβαῖνα.
Μίαν ἡμέραν κυνηγοὶ ἔξαφνα ἐφανῆκαν,
κ' οἱ γέρανοι ἀπέταξαν, γλήγοροι διαβῆκαν ·
οἱ χῆνες, ποῦ 'τασι χοντρὲς καὶ εἴχασι τὰ πάχη,
6 στὰ χέρια τῶν κυνηγῶν ὅλες ἤθελαν λάχη.

9. πῆρε. 12. ζάλης μένος. 13. ἄρχησε. 14. λέγη. 16. ἧσαι. 19. κομά-
τι. 21. χρεῖαν. γοσμένος. 22. χρυσομένος.
59. 4. γλήγορι.

Ἐπιμύθιον.
Ὅταν τὰ κάστρη παίρνουνται, οἱ πλούσιοι λυποῦνται,
χειρότερ' ἀπὸ τοῦς πτωχοὺς δουλώνουνται, χαλνοῦνται.

60 (419).

Μῦθος χελώνης.

Χελώνα παρεκάλεσε τὸν ἀετὸν νὰ μάθη
νὰ πέτεται στὰ σύννεφα, κ' ἰδέτε τ' εἶχε πάθη.
Ἐπῆρεν την ὁ ἀετός, στὰ νύχια ἔβαλέν την,
ψηλὰ ψηλὰ ἀνέβηκεν καὶ τότε ἄφηκέν την ·
καὶ γίνηκε κομμάτια τότε εἰς μίαν πέτρα,
6 διότι ἦτον ἄγνωστη καὶ ἄγνωστα ἐμέτρα.
                    Ἐπιμύθιον.
Ὁ μῦθος λέγει πῶς τινὲς καὶ στὰς φιλονεικίας
δὲν ἤκουσαν τοὺς φρονίμους κ' ἦλθαν εἰς δυστυχίας.

61 (424 в).

Μῦθος ψύλλου.

Ψύλλος ποτὲ ἐπήδησεν εἰς κάτινος ποδάρι,
καὶ τὸν θεὸν δεήθηκεν νὰ πάγη νὰ τὸν πάρη ·
καὶ εἶπε μὲ φωνὴν τρανήν : « θεέ, καὶ ἔλα τώρα,
τὸν ψύλλον ἔλα ἔπαρ' τον, βοήθησε στὴν ὥρα. »
Ὁ ψύλλος ἐδιάβηκεν, ἀλλοῦ 'χεν ἀπηδήση ·
6 ἐκεῖνος τότε τὸν θεὸν εἶχε τὸν ὀνειδίση ·
εἶπε : « θεέ, ἂν στὰ μικρὰ δὲν εἶχες βοηθήση,

---

7. ὅταν. πέρνουνται.
60. 1. αετον. 2. σύνεφα. 4. ψιλὰ ψιλὰ. ἄφικέν. 5. κομάτια. 7. φιλονεικείας.
8. φρόνημους.
61. 1. ψύλος. 4. ψύλον. 5. ψύλος.

εἰς τὰ μεγάλα πράγματα τότε πῶς θέλεις ποίσῃ; »
Ἐπιμύθιον,
Ὁ μῦθος λέγει : ἄπρεπον νὰ λέγωμεν « θεέ μου »,
εἰς ὥραν ποῦ δὲν κάμνει χρειά, « ἔλα, βοήθησέ μου. »

62 (126).

Μῦθος λαφίου τυφλοῦ.

Λάφι τυφλὸν ἐβλέποντας ἀπὸ τὸ ἔνα μάτι
σ' ἔναν παραθαλάσσιον τόπον ἐπεριπάτει ·
μὲ τὸν γερὸν τὸν ὀφθαλμὸν ἔβλεπε τὴν στερία
μὴν πάγουσιν οἱ κυνηγοὶ ἐκεῖ μὲ πονηρία
καὶ δοῦσι καὶ διώξουν το καὶ τότε τὸ πιάσουν,
8 καὶ τύχῃ καὶ τὸ φθάσουσι διὰ νὰ τὸ χαλάσουν.
Ἀπὸ τὸν ἄλλον ὀφθαλμὸν τὴν θάλασσαν ἐθώρει,
καὶ μετ' αὐτὴν τὴν πονηριὰν ἐπέρνα ὡς ἐμπόρει.
Τότε τινὲς στὸ πέλαγος μ' ἔνα σαντάλι ἦταν,
ἔξαρνα τὸ ἐκτύπησαν, τό 'δωκαν μὲ σαγίτταν ·
τότ' ἔκλαιε τὸ ταπεινὸν εἰς τὸ ἐξαφνικό του,
12 ἀπέχει ποῦ δὲν ἤλπιζεν εἶδεν τὸν θάνατόν του.
Ἐπιμύθιον.
Ὁ μῦθος λέγει πῶς τινὲς πέφτουν εἰς δυστυχίαν
ἀπέχει ποῦ δὲν ἔχουσι κάμίαν ὑποψίαν.

63 (129).

Μῦθος ἐλάφου.

Φεύγουσα ἔλαφος ποτὲ εἰς σπήλαιον ἐχώθη,

---

9. λέγομεν.
62. 1. τὸ manque. 2. σέναν. ἐπεριπάτη. 7. ἐθώρη. 8. ἐμπόρη. 10. σαγίταν.
13. πεύτουν.

καὶ λέοντ' ἔτυχεν ἐκεῖ κ' εἰς μίον ἐφαγώθη.
Ἔκλαιε τότ' ἡ ταπεινὴ στὸ πρᾶγμα ποῦ 'χε πάθη,
καὶ ἔτυχεν στὸν λέοντα καὶ ἀπ' ἐκεῖνον χάθη ·
εἶπεν · « ἀλλοῖ 'ς με τὴν πτωχὴν πόφευγα τοὺς ἀνθρώπους
    κ' ἔλαχα εἰς χειρότερους θηριωτάτους τόπους. »
Ἐπιμύθιον.

Ὁ μῦθος λέγει πῶς τινὲς ὁπόταν κινδυνεύσουν,
οἱ δυστυχίες περισσὲς πάλιν τοὺς περισσεύουν.

64 (127).

Μῦθος ἐλάφου.

Ἔλαφος εἰς ἀμπέλιον φεύγουσα ἐκρυβήθη,
τὴν καλοσύνη ποῦ 'παθε ποσῶς δὲν ἐθυμήθη ·
ἐκεῖ ὁποῦ ἐσέβηκεν εἶχεν ἀλησμονήσῃ
πῶς τὴν ἐκυνηγούσασι, κ' ἰδέτε τ' εἶχε ποίσῃ.
Τὰ φύλλα τότε ἔτρωγε ἐκεῖ ποῦ ἐκρυβήθη,
    τὴν καλοσύνη τοῦ ἀμπελιοῦ ποσῶς δὲν ἐθυμήθη ·
καὶ κυνηγοὶ ἐσκόπησαν τὰ φύλλα ποῦ ἐσοῦσαν
καὶ ἔβλεπαν τὰ κλήματα τότε ποῦ ἐκουνοῦσαν.
Εὐθὺς ἐκεῖ ἀπάνω της ἔρριξαν σαγιττία,
τῆς ὥρας τὴν ἐσκότωσαν κι ἀπέθανεν γιὰ μία.
Ἐπιμύθιον.

Τοὺς εὐεργέτας λέγει μας νὰ μὴν τοὺς ἐλυποῦμεν,
  ἀνταμοιβὰς καὶ χάριτας πάντα νὰ χρεωστοῦμεν.

---

63. 2. λέοντα. μεῖον. 5. ἀλίσμε. 8. δυστυχίαις περισαῖς. περισεύουν.
    64. 3. ἀλισμονήσῃ. 4. ἰδέτέ. 5. ἐκριβήθη. 7. ἐσκόπισαν. 9. ἔριξαν. σαγιτία.
10. γιαμία.

65 (323).

Μῦθος γαδάρου καὶ πετεινοῦ.

Γάδαρος κ' ἕνας πετεινὸς ἐβόσκουνταν ἀντάμα ·
τὸ ἔξαφνα ὁ γάδαρος ἔπαθεν τέτοιον πρᾶμα.
Λέοντας ἦλθ' ἀπάνου του διὰ νὰ τὸν ἐφάγῃ,
ὁ πετεινὸς ἐφώναξεν, ὁ λέοντας ὑπάγει,
ὅτι φοβᾶται περισσὰ τὸν πετεινὸν σὰν κράξῃ,
6   ὁ λέοντας, ὡς λέγουσιν, ἔτζι τὸ ἔχει τάξη.
Σὰν εἶδεν ἔτζ' ὁ γάδαρος φόβον τὸ πῶς δὲν ἔχει,
τὸν λέοντα τότ' ἄρχισε νὰ τὸν ἐκατατρέχῃ ·
ὅτι ἐθάρρειεν κ' ἔφυγεν ὁ λέων διὰ τοῦτον.
Σὰν ἔφθασε τὸν λέοντα, ὁποῦ φωνὴ δὲν ἦτον,
ὁ λέοντας τὸν ἔφαγεν κ' ἔπαθεν τέτοιον πρᾶμα ·
12 τότ' ἔκλαιεν ὁ ταπεινὸς μὲ θρῆνον καὶ μὲ κλᾶμα,
εἶπεν : « ἐγὼ πολεμιστὴς δὲν ἤμουνε πατρόθεν,
νὰ πολεμήσω τί 'θελα καὶ χάθηκα παντόθεν ! »
                    Ἐπιμύθιον.
Ὁ μῦθος λέγει πῶς τινὲς μὲ τὴν ταπεινοσύνην
δουλώνουσι καὶ τοὺς ἐχθροὺς, κάμνουν τους κακοσύνην.

66 (192).

Μῦθος σκύλου.

Σ' ἕνα πηγάδι ἔπεσε σκύλος ἑνὸς ἀνθρώπου,
καὶ νὰ τὸν βγάλῃ θέλησεν ἀπάνω μετὰ κόπου ·

---

65. Intitulé et vers 1. πετινοῦ. πετινός. 2. πραγμα. 4. πετινός. ὑπάη. 5. πετινον.
κράξη. 6. ἔτζη. ἔχη. 7. ἔχη. 9. ἐθάριεν. 11. πρᾶγμα. 13. ἤμουνε. 15. ταπεινωσύνην.
66. 2. μὲ τά.

καὶ μπῆκε στὸ πηγάδιον διὰ νὰ τὸν ἐϐγάλη
νὰ τὸν ἐσύρη εἰς τὴν γῆν, ἀπάνω νὰ τὸν βάλη.
Ὁ σκύλος τὸν ἐδάγκωσεν ὅταν ἐκεῖ κατέϐη,
6 διὰ κακόν του θάρρεψε εἰς τὸ πηγάδι σέϐη.
Ὁ ἄνθρωπος ἀνέϐηκε καὶ εἶπε μὲ τὴν λύπη ·
« ἡ καλοσύνη εἰς αὐτὸν πρέπει νὰ τὸν ἐλείπη. »
              Ἐπιμύθιον.
Ὁ μῦθος δι' ἀχάριστους λέγει ὁποῦ 'ν' στὴν φύση,
νὰ τοὺς ἀλλάξῃ δὲν μπορεῖ ὁ κόσμος καὶ ἡ κτίση.

67 (408).

Μῦθος χοίρου καὶ σκύλου.

Χοῖρος καὶ σκύλος μάλλωσαν κάπου ὁποῦ 'χαν λάχη,
πολλὰ ἐδιαφέρουνταν κ' εἶχαν μεγάλη μάχη ·
ὁ χοῖρος ἐφοϐέριζε κακὸν νὰ τὸν ἐποίση,
τὴν Ἀφροδίτην ἄμονε διὰ νὰ τὸν ξεσκίση ·
ὁ σκύλος ἀπεκρίθηκε μὲ τὸ καλὸν καὶ εἶπε :
6 « ἐσύ 'σαι πρᾶγμ' ἀκάθαρτον καὶ ἀπ' ἐκείνην λεῖπε,
ὅτι ἐκείνη σε μισᾷ μαζὶ καὶ ποῦ σὲ τρώγει,
καὶ δὲν ἀξίζουσι τὰ λὲς καὶ οἱ μεγάλοι λόγοι. »
Ὁ χοῖρος ἀπεκρίθηκε καὶ εἶπε πρὸς τὸν σκύλον :
« ὅσα θελήσῃς νὰ μὲ πῇς, τὰ λέγεις μὲ τὸν ζῆλον ·
ἀλλὰ ἐκείνη τοὺς μισᾷ κεινοὺς ποῦ μὲ σκοτώσουν,
12 σιχαίνεται, διώκει τους ὁποῦ μὲ θανατώσουν ·
οὐδὲ στὴν ἐκκλησίαν τοὺς ἀφίνει νὰ ὑπάγουν,
ὀργίζεταί τους περισσὰ ἐκείνους ποῦ μὲ φάγουν ·

---

3. εὐγάλη. 4. ἐσύρει. 6. θάρεψε. 9. ὁποῦν. 10. ἀλάξῃ.
67. Intitulé. σκύλλου. 1. μάλωσαν. 4. ἄμονε. 6. ἐσύσε. 7. τρώγῃ. 10. λέ;.
11. κείνους corrigé en κεινοὺς (accentuation dont il y a dans ces fables
plusieurs exemples). 12. συχαίνεται διώκη. 13. ἀφίνη. 14. ὀργίζετε.

ἀμὴ ἐσὺ καὶ ζωντανὴ βρωμεῖς καὶ σὰν πεθάνῃς,
καὶ ἔσα θέλεις νὰ λαλῇς μόν' εὔκαιρα τὰ χάνεις. »
Ἐπιμύθιον.
Ὁ μῦθος λέγει : οἱ ῥήτορες ὁπόχουσι τὴν γνώση
18 ποτέ τους εἰς τὴν γνῶσιν τους τινὰς τοὺς θέλει σώσῃ.

68 (409 в).

Μῦθος σκρόφας καὶ σκύλας.

Σκρόφα καὶ σκύλα μάλλωναν διὰ καλοτεχνία ·
κ' ἡ σκύλα ἐκαυχήθηκε πῶς δὲν εἶναι κάμία
σ' ὅλα τὰ ζῶα σὰν αὐτήν, σὰν θέλει νὰ γεννήσῃ.
Τότε ἡ σκρόφα λέγει την : « φαίνεσαι ἀκ τὴν φύση,
τὰ τέκνα σου σὰν γεννηθοῦν πῶς εἶναι τυφλωμένα,
6 ἐκ τῆς ἀρχῆς ὡσὰν φανοῦν εἶναι μαρτυρημένα. »
Ἐπιμύθιον.
Ὁ μῦθος εἰς τὰ πράγματα λέγει νὰ ὁμοιάζουν
γλήγορα νὰ μὴν γένουνται, μόνον νὰ ταιριάζουν.

69 (346).

Μῦθος φιδέου καὶ καβούρου.

Φίδι φιλία γύρευε μὲ κάβουρα νὰ ποίσῃ ·
ὁ κάβουρας καθώς εἶναι κ' ἔχει ἁπλῆν τὴν φύση,
τὸ φίδι πάντα δίδασκε νὰ 'χη δικαιοσύνη
καὶ νὰ περιπατῇ ὀρθὰ χωρὶς ἀτυχοσύνη.
Ἐκεῖνο δὲν τὸν ἄκουε, μόνον μὲ πανουργία

---

15. βρομῆς. 16. χάνης'. 18. θέλη.
68. 1. μάλωναν. 2. σνοκύλλα. 4. φαίνεσε. 8. τεριάζουν.
69. 3. νάχι. 4. περιπατεῖ. ἀτυχωσύνη.

πάντοτε μὲ τὸν κάδουρα ἐπέρνα μ' ἀτυχία ·
ὁ κάδουρας ἐφύλαγεν ἐκεῖ ὁποῦ κοιμᾶται,
πιάνει καὶ φονεύει το, τότε καὶ ἐκδικᾶται ·
καὶ ὅταν ἐφονεύθηκε, τότε ἀπλώθη ἴσια,
τὰ δολιεύματά 'γασεν ὁποῦ 'χε τὰ περίσσια.
'Απιλογήθ' ὁ κάδουρας κ' εἶπε · « σὰν κάμῃς τώρα,
12 προτίτερα νὰ τό 'καμες ἔπρεπεν σ' ἄλλην ὥρα. »
                    'Επιμύθιον.
Τοὺς φίλους λέγει μας ἐδῶ ὅσοι τοὺς ἐγελοῦσι
τὸν ἑαυτόν τους βλάπτουσι, κακὰ τελεσφοροῦσι.

70 (374).

Ποιμένας καὶ λυκόπουλον.

Ἕνα λυκόπουλ' ἔτρεφε ποιμένας στὸ κοπάδι,
ἀντάμα τό 'χε στὰ σκυλιά, στὰ πρόβατα ὁμάδι.
Σὰν ἄρχισε καὶ τράνευεν, ἄρχισε νὰ ξεπέφτῃ,
τὴν τάξιν του ἐπίασε τὰ πρόβατα νὰ κλέφτῃ,
τοὺς ξένους τοὺς ἐδίωχνε, πῶς δὲν ἔχει φιλία,
6 καὶ ἐκυνήγα καὶ αὐτὸς μαζὶ μὲ τὰ σκυλία.
'Εκεῖνα κυνηγούσασι τοὺς λύκους νὰ τοὺς σώσουν,
πρόβατον ἂν ἐπήρασιν διὰ νὰ τὸ γλυτώσουν ·
καὶ δὲν ἐδύνουνταν ποσῶς διὰ νὰ τοὺς ἐφθάσουν,
κ' εἰς τόπον ἐπηγαίνασιν οἱ λύκοι νὰ μοιράσουν.
Τότε καὶ κεῖνος πήγαινε καὶ ἔτρωγεν ἀντάμα,
12 τὴν φύσιν του δὲν ἄλλαξε κ' ἔκαμε τέτοιον πρᾶμα ·
καὶ σὰν τὸ εἶδ' ὁ πιστικὸς τὸ πρᾶγμα πῶς ἐγίνη,
ἐκρέμασέ το εἰς δενδρὸν, νεκρὸν ἐκεῖ τ' ἀφίνει.

---

11. ἀπηλογίθ'. τώρα 12. εἰς.
70. 2. σκιλιά. 3. ἄρχησε. ἄρχησε. ξεπεύτη. 4. κλεύτη. 6. μαζή. 10. ἐπηγένασιν.
11. πήγενε. 12. ἄλαξε. πρᾶγμα. 14. ἀφίνη.

'Επιμύθιον.

Ἀδύνατό 'ναι νὰ γένῃ ἡ πονηρὰ ἡ φύση
καλὴ, ὁ μῦθος λέγει μας, καὶ τὸ καλὸν νὰ ποίσῃ.

71 (255).

Μῦθος λεονταρίου.

Λέων ἐγήρασε πολλὰ κ' εἰς σπήλαιον ἐσέβη,
καὶ δὲν ἠμπόρειε ποσῶς ἔξω διὰ νὰ ἔβγῃ ·
ὅλα τὰ ζῶα πήγαιναν καὶ τὸν ἐπροσκυνοῦσαν
ὡς βασιλέα, στέκονταν καὶ τὸν παρηγοροῦσαν.
Μόνον ἀπέχ' ἡ ἀλεποὺ ἔλειπε κ' εἶχε φταίσῃ,
6 ὁ λύκος τότε τὸν καιρὸν ηὗρε νὰ τὴν γκαλέσῃ,
καὶ εἶπε πρὸς τὸν λέοντα : « εἶδες, ἀφέντη, τώρα
ἡ ἀλεποὺ νὰ μὴν βρεθῇ σ' τούτην ἐδῶ τὴν ὥρα ·
ἀμὴ νὰ σὲ καταφρονῇ, νὰ μὴν σὲ ἔχῃ χρείαν,
ἢ νὰ σὲ καταχρειάζεται εἰσὲ λογὴν κάμίαν. »
Ἡ ἀλεποὺ καὶ ἤτονε ἔξω καὶ ἄκουέ τα
12 τοῦ λύκου τὰ γκαλέσματα, ὅλα κατάγραφέ τα.
Τότε ἐμπῆκε παρευθὺς στοὺς λόγους εἰς τὸ τέλος,
τὸν λέοντα ἀρχίνισε νὰ λέγη μὲ τὸ γέλος :
« ἀφέντη, θάρρος στὸν θεὸν ἔχω 'τι θὲς γλυτώσῃ,
καὶ ἰατρείαν ηὗρηκα διὰ νὰ σὲ σηκώσῃ. »
Ὁ λέων τότε λέγει την νὰ πῇ τὴν θεραπείαν,
18 τρέμοντας ὁ κακόμοιρος μὴ νὰ βρῇ ἰατρείαν.
Τότε τὸν λέγει ἡ ἀλεποὺ λύκον διὰ νὰ γδάρῃ,
καθὼς τὸν εἶπε ὁ ἰατρός, καὶ τὸ πετζὶ νὰ πάρῃ,

15. γένη.
71. 1. ἐγύρασε πολά. 2. ἠμπόριε. εὔγη. 3. πήγεναν. 6. ηὖρε. 7. τώρα. 9. καταφρονεῖ.
ἔχει χρεῖαν. 10. εἰς ἐλογὴν. 11. ἤτοναι. 14. λέγει. 16. ηὔβρικα. 18. κακόμηρος.
ιαυρὴ. 19. ναγδάρη. 20. πετζή.

νὰ τὸ ντυθῇ νά 'ναι ζεστὸν, στὸ στρῶμα του νὰ πέσῃ,
καὶ ἂν τὸ κάμῃ, εὔκολα θέλει τὸν ὠφελέσῃ.
Ὁ λέων τότε παρευθὺς τὸν λύκον ἔγδαρέ τον,
24 κ' ἐντύθη τὸ τομάρι του, ὅλον ἐξέσκισέ τον ·
ἡ ἀλεποῦ τὸν ἔβλεπε καὶ ἔλεγε κ' ἐγέλα :
« κὺρ λύκο, ἡ κατάκρισις ἰδὲ τὸ τί σ' ἐφέλα,
ἔπρεπε στὸν ἀφέντην μας νὰ λέγῃς καλοσύνην,
ὄχι νὰ τὸν παρακινᾷς νὰ κάμῃ κακοσύνην. »
                    Ἐπιμύθιον.
Ὁ μῦθος λέγει : ὅποιος κακοβουλεύετ' ἄλλον
30 στὸ ὕστερον τὸν ἔρχεται πολλὰ κακὸν μεγάλον.

72 (108).

Μῦθος γυναικός.

Μία γυναῖκα ἤτονε καὶ εἶχεν ἔναν ἄνδρα
καὶ ἔπινε πολὺ κρασὶ σὰν χοῖρος ἀπὸ μάνδρα ·
καὶ τὶ ἐπονηρεύθηκε διὰ νὰ τὸν γλυτώσῃ,
ἀπὸ τῆς μέθης τὸ κακὸν ἴσως καὶ τὸν ἐσώσῃ ·
ἐπῆγε καὶ τὸν ἔβαλεν, σὰν ἦτον μεθυσμένος,
6 σ' τόπον ποῦ θάπτουσι νεκρούς, σὰν νά 'ταν πεθαμένος.
Μὲ ὥραν τότε μερικὴν στὸν ἄνδρα της ὑπάγει,
νὰ τὸν λαλήσ' ἠθέλησε τάχα διὰ νὰ φάγῃ.
Λέγει : « ἀνοίξετε ἐσεῖς ποῦ 'στε στὴν γῆν θαμμένοι,
ὅτ' ἔφερα καλὸ φαγὶ νὰ φᾶν οἱ πεθαμένοι. »
Ἐκεῖνος τότε εἶπεν την : « φέρε κρασὶ, ἂν ἔχῃς,
12 ἀμὴ ἂν ἤφερες φαγὶ μόν' εὔκαιρα παντέχεις. »
Τὰ στήθη της ἐκτύπησε κ' εἶπε μὲ τὴν πικρίαν :

---

27. λέγεις.
72. 1. ἤτοναι. 6. ἀπεθαμένος. 7. ὑπάγη. 9. ἀνοίξεται. θαμένοι. 10. D'abord
ποθαμένοι. 11. ἔχεις. 12. παντέχης.

« ἄνδρα, ἐσὺ χειρότερην ἔχεις ταλαιπωρίαν ·
τὸ πάθος σου ποτὲ τινὰς δὲν ἠμπορεῖ νὰ βγάλη,
ν’ ἀλλάξῃ καὶ τὴν γνώμην σου, ἀλλοῦ νὰ τὴν ἐβάλη. »
Ἐπιμύθιον.

Ὁ μῦθος λέγει : ὅσ’ εἶναι ὁπόχουν κακὰς πράξεις
18 δυσκόλως ἀκ τὴν γνώμην τους μπορεῖς νὰ τοὺς ἀλλάξῃς.

73.

Μῦθος γουρουνίου.

Ἕνα γουρούνι εἴχασι χαλκιᾶδες σ’ ἀργαστήρι,
καὶ ποντικὸν ἐπίασε καὶ εἶχε τὸν ἐσύρη ·
ἐμπρός τους τὸν ἐβάσταζε καὶ κεῖνοι ἐγελοῦσαν,
πῶς ἦτον εἰς κατάκρισιν ποσῶς δὲν τὸ γρυκοῦσαν.
Καὶ τὸ ποντίκι γύρισεν, εἶπε τοὺς χαλκιᾶδες :
6 « δὲ ντρέπεστε, ταλαίπωροι, ὁποῦ ’στε δουλευτᾶδες,
κ’ ἕνα χοιρίδι ἔχετε καὶ κεῖνο πεινασμένον,
καὶ ἔξω ἀπὸ τὴν φύσιν του κάμνει τὸ ὠργισμένον ; »
Ἐπιμύθιον.

Ὁ μῦθος λέγει μας ἐδῶ : τινὲς ποῦ δυστυχοῦσι,
χειρότεροι ἀπ’ ἐκεινοὺς τότε τοὺς ἐγελοῦσι.

74 (215).

Μῦθος χήνας καὶ κύκνου.

Ἄρχοντας εἰς τὸ σπίτι του χῆνα καὶ κύκνον ἔναν
εἶχε μαζὶ ποῦ βόσκουνταν, ἀντάμα ποῦ ἐμέναν ·

---

16. νὰ λάξη. 18. ἀλάξεις.
73. 1. χαλκιάδες σαργαστήρι. 5. χαλκιάδες. 6. δουλευτάδες. 7. ἔχεται. 8. ὀργι-
σμένον. 10. ἐκείνους.
74. 1. σπῆτι.

τὸ ἕνα εἶχε διὰ φωνὴν καὶ γιὰ φαγὶ τὸ ἄλλο ·
κ' ἰδέτ' ὁ κύκνος τ' ἔπαθε πολλὰ καλὸ μεγάλο.
Ἀφέντης του βουλήθηκε τὴν χῆνα νὰ τὴν φάγη,
5 καὶ εἰς τὸν τόπον ποῦ 'τανε τῆς ὥρας τότε πάγει.
Νύκτα πολύ 'ταν σκοτεινὴ, τὸν κύκνον εἶχε πιάση ·
ἐκεῖνος τότε ἄρχιτε μεγάλα νὰ φωνάξη.
Σὰν ἤκουσεν ἀφέντης του τοῦ κύκνου τὴν λαλία,
τὸν κύκνον δὲν τὸν ἔσφαξε καὶ γλύτωσε γιὰ μία ·
ἐγλύτωσέν τον ἡ λαλιὰ κ' ἔπαθε τέτοιαν χάρη,
12 κ' ἡ χῆνα ἡ ταλαίπωρη τὸν θάνατό 'χε πάρη.

Ἐπιμύθιον.

Ὁ μῦθος λέγει πῶς τινὲς τὴν ὥραν τοῦ θανάτου
γλυτώνουσίν τον, ἂν λαλοῦν μὲ λόγους παρακάτου.

75 (13).

Μῦθος ἀράπη.

Κάποιος ἕνας ἄνθρωπος ἠγόρασεν ἀράπη,
ν' ἀλλάξη τὴν θεωρίαν του εἶχε πολλὴν ἀγάπη,
καὶ πήγαινέ τον στὰ λουτρὰ πάντα καὶ ἔτριβέ τον,
τόσον τὸν ἐκατάστησεν σ' ἀστένεια ἔβαλέ τον.
Ἐκεῖνος ἀκ τὴν φύση του ν' ἀλλάξη δὲν ἠμπόρειε,
6 μόν' ἄδικα ἀφέντης του ἐκεῖνον ἐτιμώρειε.

Ἐπιμύθιον.

Ὁ μῦθος λέγει μας ἐδῶ πῶς δὲν ἀλλάζ' ἡ φύσις,
ὡσὰν εὑρέθη ἐξ ἀρχῆς ἀλλέως νὰ τὴν ποίσης.

---

3. για. 5. βουλήθικε. 6. πάγη. 7. ποιάση. 8. φωνάζει 10. γιαμία.
75. 2. νὰ λάξη. 3. πήγενέ. 4. εἰς. 5. φύσι. νὰ λάξη. ἠμπόρειε. 6. ἐτιμόριε.
7. ἀλάξ'. 8. ἀλέως.

76 (415).

Κουροῦνα καὶ χελιδών.

Κουροῦνα καὶ ἡ χελιδὼν πολλὰ φιλονεικοῦσαν
διὰ τὴν εὐμορφάδα τους οἱ δύο ἐλαλοῦσαν.
Λέγ' ἡ κουροῦνα : « ἄφησε, ὅτι ἡ εὐμορφιά σου
τὸ καλοκαίρι βρίσκεται, ὁποῦ 'σαι στὴν φωλιά σου ·
ἀμὴ ἐγὼ καὶ τὸν χειμὸν καὶ περπατῶ κι ἀκκίζω,
5   ὡσὰν ἐσένα δέν εἶμαι τότε νὰ τουρτουρίζω.
’Επιμύθιον.
Ὁ μῦθος λέγει μας ἐδῶ : πάντοτε ἡ ἀνδρία
εἶν' πρᾶγμα περισσότερον ἀπὸ τὴν εὐμορφία.

77 (85).

Μῦθος τριτζωνίου.

Εἰς παραθύρι κρέμετον ἕνα πουλὶ τριτζώνι,
καὶ πῆγε νυκτερίδα κεῖ κοντά του καὶ σιμώνει ·
κ' ἐρώταν το τὸ πῶς λαλεῖ τὴν νύκτα σὰν βραδιάζῃ,
σὰν ξημερώσῃ δὲν λαλεῖ, ὁληημερὶς σωπάζῃ.
Λέγει : « τὸ πρᾶγμα τὸ θωρεῖς, εὔκαιρα δὲν σωπάζω,
5   σὰν ξημερώσῃ δὲν λαλῶ, τότε ἔτι τρομάζω,
καὶ διὰ κεῖνο σιωπῶ, φοβοῦμαι νὰ λαλήσω,
μήπως χειρότερον κακὸν τοῦ ἐμαυτοῦ μου ποίσω. »
Ἡ νυκτερίδα εἶπεν της : « διάφορον δὲν ἔχεις
ἂν σιωπᾷς ἢ ἂν λαλῇς, ὕστερα τί ἀπαντέχεις; »

76. 1. κουροῦνα. φιλονικοῦσαν. 3. κουροῦνα ἄφισε. 4. καλόκεῤι. 9. χειμὼν. Au-
dessus de κιακίζω (sic dans l'original), il y a ὑπερηφανεύομαι qui semble une
glose. 6. ἦμαι. 7. ἀνδρεῖα. 8. ἦν.
77. 2. σιμώνη. 3. βραδιάζῃ. 4. λαλῇ. 8. πίσω. 10. λαλεῖς. ἀπαντέχῃς.

Ἐπιμύθιον.
Ὁ μῦθος λέγει πῶς τινὲς ὁπόταν χαλαστοῦσι
12 τὶ διαφοραίνουν ὕστερα ὡσὰν μετανοοῦσι.

78 (214).

Μῦθος τοῦ παιδὸς τοῦ γεωργοῦ.

Ἕνα παιδίον γεωργοῦ ἔψενε στὴν φωτία
κοχλίους εἰς τὰ κάρβουνα, καὶ ἔβγαλαν λαλία,
ὅτ᾽ ἔτριζαν ποῦ ψήνουνταν. Εἶπεν τους : « τί λαλεῖτε ;
τὸ σπίτι σας νὰ καίεται, καὶ σεῖς νὰ τραγουδῆτε ! »
            Ἐπιμύθιον.
Ὁ μῦθος λέγει : δέν εἶναι πρᾶγμα ὁποῦ νὰ γένη
παράστρατα νὰ παινεθῇ, οὐδὲ σὲ δρόμον μπαίνη.

79 (110).

Μῦθος χήρας.

Χήρα γυναῖκα ἤτονε κ᾽ ἀγάπα τὴν δουλεία,
καὶ εἶχε σκλάβες περισσὲς διὰ ὑπηρεσία ·
νύκτα πολλὰ τὲς σήκωνε πάντα εἰς τὴν δουλεία,
ὅταν ἀρχὴ ἀκούετον τοῦ πετεινοῦ λαλία.
Ἐκεῖνες οἱ ταλαίπωρες τότ᾽ ἐσυμβουλευθῆκαν,
6 ὅτι ἀπὸ τὲς δούλεψες ἐταλαιπωρηθῆκαν ·
στὸ σπίτι εἶχαν πετεινόν, εἶπαν νὰ τὸν σκοτώσουν,
ἂν τύχῃ ἀκ τὲς δούλεψες ὀλίγον νὰ γλυτώσουν.

---

12. διαφορένουν.
78. 2. εὔγαλαν. 3. ψήνουνταν. 4. σπῆτι. τραγουδεῖτε.
79. Intitulé. χήρας. 1. χήρα. ἤτοναι. δουλία. 2. ἦχε. περισσαῖς. 3. σύκονε.
δουλία. 4. πετινοῦ. 5. ἐκείναις ἡ. 6. ταῖς. ἐταλαιπωριθῆκαν. 7. σπῆτι. πετινόν.
8. ταῖς.

Ὡσὰν τὸν ἐσκοτώσασι, κακό τους τότ' ἐγίνη ·
νωρίτερα τὲς σήκωνε τότ' ἡ κυρὰ ἐκείνη,
διότι δὲν ἐγνώριζε τί ὥρα ἦταν τότε,
12 μόνον τὲς σκλάβες ἔλεγε : « 'κ τὸ στρῶμα σας σηκῶτε. »
          Ἐπιμύθιον.
Ὁ μῦθος τὰ βουλεύματα λέγει εἰς τοὺς ἀνθρώπους
ποῦ δέν εἶναι μὲ φρόνησιν, ῥίχνει τους εἰσὲ κόπους.

80 (112 в).

Μῦθος γυναικὸς μάγισσας.

Μία γυναῖκα μάγισσα ἔκαμνε τὲς μαγίες
κ' εἰς τοὺς ἀνθρώπους ἔλεγε πῶς κάμνει προφητεῖες.
Κάποιοι ἐβουλήθησαν νὰ τὴν ἐκαταδώσουν
πῶς κάμνει ἀτυχιὲς πολλὲς, νὰ τὴν ἐθανατώσουν.
Ἐκεῖ λοιπὸν ποῦ πήγαινε τὸν θάνατον νὰ πάρη,
6 ἕνας τὴν εἶπε : « ποῦ 'ναι την ἡ ἐδική σου χάρη,
ποῦ ἔλεγες ὅτ' ἤξευρες τὰ πράγματα τὰ θεῖα,
πῶς δὲν σὲ ἐβοήθησαν εἰσὲ λογὴν καμία;
καὶ τῶν ἀνθρώπων τὲς βουλὲς πῶς δὲν τὲς προφητεύεις;
δὲν ἐκαυχάσουν κ' ἔλεγες τὰ πάντα πῶς ἠξεύρεις; »
          Ἐπιμύθιον.
Ὁ μῦθος λέγει : μερικοὶ ἔχουν το καὶ καυχοῦνται,
καὶ δὲν ἀξίζουν τίποτες, μόνον γιὰ νὰ παινοῦνται.

---

10. νυκτερώτερα et au dessus, à l'encre rouge, νορίτερα (*sic*). ταῖς σύκονε.
12. ταῖς. συκῶτε.
80. Intitulé. μαγίτας. 1. μάγισα. ταῖς μαγίαις. 2. προφητείαις. 5. πήγενε.
6. πουνετην. 8. ἐβουλθησαν εἰς Πλομη. 0. ταῖς βουλαῖς -τις τροφητεύης.
10. ἠξεύρης.

81 (86).

Κάτα καὶ χαλκίας.

Κάτα εἰς ἐργαστήριον ποῦ δούλευε χαλκίας
ἐπῆγε κ᾽ ηὕρηκε ρινὶ πόκαμεν τὰς δουλείας ·
ἐπίασε καὶ τό ᾽γλυφε τότε μὲ ἐμνοστάδα
καὶ αἷμα ἀκ τὴν γλῶσσαν της ἔβγανε μὲ γλυκάδα ·
ἐκείνη ἀκ τὸ σίδηρον ἐθάρρειεν τὶ ἐβγαίνει,
₆ ὕστερα μόν᾽ τὸ γρύκησε καὶ ἄγλωσσ᾽ εἶχε γένη.
     Ἐπιμύθιον.
Ὁ μῦθος λέγει : ὅσ᾽ εἶναι ὁποῦ φιλονεικοῦσι
τοῦ λόγου τους μόν᾽ βλάπτουσι, οὐδέποτε φελοῦσι.

82 (101).

Μῦθος γεωργοῦ.

Σκάπτοντας κάπου γεωργὸς ἤθελεν εὕρη πλοῦτον,
τὴν γῆν πάντα θυσίαζε, σὲ λιτανεῖες ἦτον,
καὶ ἔκαμε παράκλησες στὴν εὐτυχιάν. Ἐχάρη
ἡ γῆ πῶς τὸν ἐχάρισεν τέτοιαν μεγάλην χάρη.
Τότε ἡ τύχη πῆγ᾽ ἐκεῖ, ἐμπρὸς ὠνείδισέ τον
₆ πῶς δὲν τὴν εὐχαρίστησεν, ἐστάθη κ᾽ ὕβρισέ τον ·
καὶ λέγει τον : « ὦ ἄνθρωπε, ἂν ὁ καιρὸς γυρίση,
τότε τὴν γῆν ἀλησμονᾷς καὶ μένα θὲς ὑβρίση ·
δὲν ἔπρεπε μὲ τὴν χαρὰν ἐμένα νὰ τιμήσῃς,
τὸν βίον ποῦ σε δώρησα, ἀμὴ ν᾽ ἀλησμονήσῃς; »

---

81. 2. ηὕρικε ρινή. δουλίας. 4. εὔγανε. 5. ἐθάριεν. εὐγένη. 7. φιλονικοῦσι.
82. 2. λιτανίαις. 5. πίγ᾽. ὀνείδισέ. 8. ἀλισμονᾷς. 10. ἀλισμονήσῃς.

Ἐπιμύθιον.
Τοὺς εὐεργέτας λέγει μας νὰ τοὺς εὐχαριστοῦμεν,
12 ὄχι τοὺς ἀνεγνωρίστους εὔκαιρα νὰ τιμοῦμεν.

83 (309).

Μῦθος ἀνθρώπων δύο.

Δύο τινὲς τζικούριον ἕνα στὴν στράτα βρῆκαν
καὶ μάλλωμα στὴν μέσην τους ἀνάμεσα ἐποῖκαν ·
ὁ ἕνας ποῦ τὸ εὕρηκεν ἔλεγεν ἀπατός του
τὸ ηὗρεν, ὄχι δύο τους, νὰ ἔχῃ μοναχός του.
Ἐκεῖνοι ὁποῦ τό 'χασαν ἦλθαν καὶ πίασάν τον,
6 καὶ πῆραν τὸ τζικούριον, πολλὰ ἐπίκρανάν τον.
Τότε τὸν ἄλλον εἶπε τον ἐκεῖνος μὲ τὸ κλᾶμα :
« ἐπῆραν τὸ τζικούρι μας ποῦ τό 'βραμεν ἀντάμα. »
Ὁ σύντροφός του εἶπε τον : « αὐτὰ τὰ λὲς στανιό σου,
ἀμὴ θυμᾶσαι πόλεγες πῶς τό 'βρες μοναχός σου; »
                              Ἐπιμύθιον.
Ὁ μῦθος λέγει : ὅσ' εἶναι ψεῦστες στὴν ἀτυχίαν
12 καθάριαν δὲν ἔχουσιν ποτέ τους τὴν φιλίαν.

84 (75).

Μῦθος βατράχων.

Εἰς λίμνην κάπου βάτραχος βαθεῖαν μέσα ἦτον,
ἀπ' ἄλλην λίμνην βαθρακὸν πάγει καὶ προσκαλεῖ τον,
λέγει του : « ἔλα, ἀδελφὲ, ἄφησ' αὐτὸν τὸν τόπον,
ὅτι αὐτοῦ ποῦ βρίσκεται εἶν' δρόμος στρατοκόπων ·

---

83. 2. μάλωμα. μέσιν. ἐπῖκαν. 4. ηὗρεν. ἔχει. 11. ψεύσταις.
84. 3. ἄφις. 4. ἦν.

εἶν᾽ καὶ ξερὴ ἡ λίμνη σου, καὶ δὲν ἔχεις νὰ φάγῃς,
6 τέτοιον τόπον ἄφησε, ἰδὲς ἀλλοῦ νὰ πάγῃς ·
ἂν θέλῃς, ἔλα μὲτ ἐμέ, ἀντάμα μου νὰ εἶσαι,
νὰ τρώγῃς καὶ νὰ χαίρεσαι, ποτὲ νὰ μὴν λυπῆσαι. »
Ἐκεῖνος τότε εἶπεν τον : « ἐγώ ᾽μαθα νὰ εἶμαι,
ἐγὼ ποῦ βλέπεις, ἀδελφέ, ὁ τόπος ὠφελεῖ με. »
Τὸν λόγον δὲν τὸν ἤκουσεν, οὐδὲ τὴν συμβουλή του ·
12 κ᾽ ἰδέτε τι τὸν ἔκαμε ἡ μοῖρα ἡ κακή του ·
ἀμάξι τότε πέρασεν καὶ τζαλαπάτησέ τον,
ἐπλάκωσέ τον παρευθὺς καὶ κεῖ ἐσκότωσέ τον.
Ἐπιμύθιον.
Ὁ μῦθος λέγει : ὅσ᾽ εἶναι ἄτυχα ποῦ περνοῦσι
θαρροῦν ὅτ᾽ ἔχουσι καλὸν διὰ νὰ μὴν γρυκοῦσι.

85 (289).

Μῦθος κλέπτου.

Κλέπτης κρυφὰ διάβηκε καὶ ἔκλεψε κηρίον
εἰς τόπον ὅπου εἴχασι κάπου μελισσουργεῖον ·
ἐπῆγεν ὁ μελισσουργὸς καὶ εἶδε τὰ ἀγγεῖα,
πικράθηκ᾽, ἐβλασφήμησε πῶς εἶχαν εὐκαιρία,
καὶ μὲ θυμὸν ἐπίασε τότε νὰ τὰ σιάζῃ,
6 τοὺς τόπους, τὰ μελίσσια νὰ τὰ ὀρδινιάζῃ.
Τότε ἐκεῖνα θάρρηκαν πῶς θὲ νὰ τὰ χαλάσῃ,
καὶ ὅλα τὸν ἐκέντρισαν κ᾽ ἤθελαν νὰ τὸν φᾶσι.
Τότε ἐκεῖνος εἶπε τα : « ζῶα καταραμένα,
τοῦ κλέπτη τοῦτο κάμνετε, ἀμ᾽ ὄχι τώρα μένα. »

---

5. ἢν φάγεις. 6. ἄφισε. 7. ἦσαι. 10. ὠφελεῖμαι. 13. ἀμάξη. 14. ἐπλάκοσέ. κῆ ἐσκότοσέ.
85. 2. ἤχασι. μελισουρίον. 3. μελισουργός. 6. μελίσια. 7. θάρηκαν. 10. κά-
μνεται. τώρα.

Ἐπιμύθιον.

Ὁ μῦθος λέγει : μερικοὶ τοὺς φίλους τοὺς λυποῦσι
12 διὰ νὰ μὴν ἠξεύρουσι, τὸ πρᾶγμα ἂν γρυκοῦσι.

86 (29).

Μῦθος ἀλκυόνος.

Ἡ ἀλκυὼν εἶν' ὄρνεον καὶ κατοικεῖ εἰς τόπους
νὰ εἶν' παραθαλάσσιος, φεύγουσα τοὺς ἀνθρώπους,
καὶ κάμνει τὴν φωλίαν της εἰς τόπον νά 'ναι βράχη ·
καὶ κάπου μία γέννησε σὲ βράχη ποῦ 'γε λάχη ·
κ' ἰδέτε ἡ ταλαίπωρος ἐκεῖ τὸ τ' εἶχε πάθη.
6 Ἡ θάλασσα ἐφούσκωσε, τὸ κῦμα ἐταράχθη,
κ' ἡ κατοικία γάλασε, ἔπεσαν τὰ πουλία,
ἡ θάλασσα τὴν ἔρριξεν ὅλην της τὴν φωλία.
Τὸ πρᾶγμα σὰν τὸ ἔμαθεν, εἶπε μὲ τὴν πικρία :
« ἀλλοί 'ς με τὴν ταλαίπωρον, ποῦ 'χω κακὰ μυρία ·
τὴν θάλασσαν ἐπίστευσα καὶ ἔκτισα φωλία,
12 καὶ τοὺς ἀνθρώπους ἔφευγα καὶ ἔκαμα λωλία. »
Ἐπιμύθιον.

Ὁ μῦθος λέγει πῶς τινὲς θέλουν νὰ φυλαχτοῦσι
καὶ εἰς ἐχθροὺς λαχαίνουσι, τοῦ λόγου τους χαλνοῦσι.

87 (25).

Μῦθος ψαρᾶ.

Εἰς ποταμὸν ἕνας ψαρᾶς πλεμάτι εἶχε στήση,

---

86. Intitulé ἀλκυῶνος. 2. ἦν. 8. ἔριξεν. 10. ἀλίσμε. 14. λαχένουσι.

τὸν ποταμὸν τριγύρισε, τὸ ῥέμα νὰ μποδίσῃ,
κ' ἔδεσε πέτρα μὲ σκοινὶ, κ' ἔδρενε τὸ ποτάμι
νὰ δώσῃ ταραχὴν πολλὴν, τὸ ψάρι κεῖ νὰ δράμῃ ·
νὰ μὴν εὑρῇ ποῦ νὰ ἐβγῇ, καὶ τότε νὰ τὸ πιάσῃ,
6 ὅτ' ἀπ' ἀλλοῦ δὲν εἴχασι τὰ ψάρια νὰ πᾶσι.
Ἕνας τὸν εἶδεν ἄνθρωπος κ' εἶχε τὸν ὀνειδίσῃ
τὸ πῶς θολώνει τὸ νερὸ, στέκεται καὶ τὸν βρίζει.
Ἐκεῖνος εἶπεν : « ἄνθρωπε, τὰ λόγιά σου χάνεις,
τὸ πρᾶγμα ὁποῦ κάμνω 'γὼ στὸν νοῦν σου δὲν τὸ βάνεις ·
ὁ ποταμὸς ὁποῦ θωρεῖς ἂν δὲν τὸν ἐταράξω,
12 τὸ τί νὰ φάγω δὲν ἔχω καὶ φόρεμα ν' ἀλλάξω. »
Ἐπιμύθιον.

Ὁ μῦθος λέγ' : οἱ ἄρχοντες τότε τὸν βοηθοῦσι
τὸν τόπον, τὴν πατρίδα τους, ὁπόταν πολεμοῦσι.

88 (363).

Μῦθος μαϊμοῦς καὶ ἀνθρώπου.

Ἄνθρωπος εἶχε μαϊμοῦν μέσα εἰς τὸ καράβι,
χαρὰν νὰ ἔχῃ μερικὴν κ' ἡ λύπη του νὰ παύῃ
Χειμῶνας τότε πλάκωσε κάπου ὁποῦ 'χε τύχῃ
καὶ τὸ καράβι πνίγηκε, καθὼς τὸ φέρν' ἡ τύχη.
Τότε στὴν θάλασσά 'πεσαν ὅλοι καὶ κολυμποῦσαν,
διὰ νὰ ξέβουν εἰς τὴν γῆν ὅλοι ἐπολεμοῦσαν.
Δέλφινας τότε ἔλαχε καὶ ἔφτασε νὰ σώσῃ
τὴν μαϊμοῦν, ἐπάσχισε διὰ νὰ τὴν γλυτώσῃ ·
ἐθάρρειε πῶς ἄνθρωπος εἶναι νὰ τὴν ἐβγάλῃ,
νὰ τὴν ἐπάρῃ πάνω του, ἔξω νὰ τὴν ἐβάλῃ ·

---

87. 2. τριγίρησε. 3. σκινὴ. ἔδρενε est ici pour ἔδερνε. 4. ψάρη. 5. εὐγῇ.
6. ἀπαλοῦ. 8. θολώνη. βρίζη. 9. χάνης. 10. βάνης. 12. νὰ λάξω.
88. 2. ἔχει. 6. ξεύουν. 7. εὔτασε. 9. ἐθάριε. εὐγάλη.

ἀπάνω του ἐπῆρε την, κ’ ἐρώτα την νὰ μάθη
12 στὸ γένος πῶς τὴν λέγουσι πόπαθεν τέτοια πάθη.
’Εκείνη τότε εἶπεν του πῶς εἶν’ ἀπ’ ’Αθηναίους,
καὶ εἶναι καὶ εὐγενικὴ ἀπ’ ἄρχοντας μεγάλους.
’Εκεῖνος πάλε ῥώτησεν ἕνα βουνὶ ἂν ξέρη
Πειραιᾶ ποῦ τὸ λέγουσι στῶν ’Αθηνῶν τὰ μέρη ·
Λέγει ἐκείνη : « ξέρω τον, φίλος μου εἶν’ μεγάλος,
18 καὶ γνώριμός μου βρίσκεται παρὰ κάνένας ἄλλος. »
Τότε ὁ δέλφινας ἐκεῖ στὴν θάλασσ’ ἄφηκέν την,
διὰ τὸ ψέμα τὸ πολὺ ἐκαταγνώστηκέν την.
            ’Επιμύθιον.
Ὁ μῦθος λέγει : μερικοὶ τίποτες δὲν ἠξεύρουν
καὶ θέλουσι τὰ ψέματα σ’ ἀλήθειες νὰ τὰ φέρουν.

89 (293).

Μ8θος μυιγῶν.

Μυῖγες σὲ μέλι κόλλησαν κάπου ὁποῦ ἐτύχαν
καὶ δὲν ἐδύνουνταν νὰ βγοῦν, τρόπον ποσῶς δὲν εἶχαν.
Λυποῦνταν οἱ ταλαίπωρες γιατὶ ἦταν κολλημένες ·
εἶπαν : « ἀλλοί ’ς τὸ πάθαμεν ἡμεῖς οἱ ὠργισμένες ·
διὰ νὰ λαιμαργήσωμεν, λίγον φαγὶ νὰ φᾶμε,
6 στὸν θάνατον ἐλάχαμεν καὶ εἰς τὸν ἄδην πᾶμε. »
            ’Επιμύθιον.
Ὁ μῦθος λέγει πῶς τινὲς ποῦ ἀγαποῦν φαγία
χαλνοῦνται μερικὲς φορὲς ἀπὸ τὴν λαιμαργία.

---

17. ἥν. 19. θάλασσα φικέν.
89. 1. μϋίγαις, κόλλησαν. ? ὑπηγοῦν, 3. κολυμένες. 4. ἀλίς τό. ὀργισμένες.
5. λεμαργίσομεν. 8. φοραῖς.

90 (137).

Μῦθος Ἑρμοῦ.

Ἑρμῆς ἀγάπα περισσὰ νὰ μάθῃ ἂν τιμᾶται,
ἂν ἔχῃ φήμην περισσήν, στὸν κόσμον ἀγαπᾶται,
καὶ ἐμεταμορφώθηκε διὰ νὰ δοκιμάσῃ ·
εἴδωλα τάχα θέλησε νὰ πᾷ νὰ ἀγοράσῃ ·
σὲ σπίτι ἐδιάβηκε τότε νὰ ἐρωτήσῃ
6 σ᾽ ἑνοῦ ὁποῦ τὰ ἔφτειανε διὰ νὰ τὰ πουλήσῃ.
Καὶ « τοῦ Διὸς τὸ εἴδωλον, λέγει του, πούλησέ με,
ἂν χρῄζῃς, εἶπε, μάστορη, καὶ τὴν τιμὴν εἰπέ με. »
Ὁ μάστορης ἐγύρευσεν ἕνα φλωρὶ νὰ πάρῃ
εἰς τοῦ Διὸς τὸ εἴδωλον καὶ νὰ τὸν κάμῃ χάρῃ.
Τότε τὸν λέγει ὁ Ἑρμῆς : « ἀμὴ στῆς Ἥρας πόσο
12 στὸ εἴδωλόν της, μάστορη, πόσην τιμὴν νὰ δώσω; »
« Δύο φλωρία, εἶπεν τον, σὲ τοῦτο τώρα δός μου,
γιατὶ ἐδῶ πολύς εἶναι ὁ κόπος ὁ δικός μου. »
Τότ᾽ ὁ Ἑρμῆς ἐρώτησε διὰ τὸ ἐδικόν του,
καὶ θάρρειεν ὅτ᾽ ἀκριβὸν εἶναι τὸ εἴδωλόν του ·
στὸν ἑαυτόν του ἔλεγε : « πολλὰ θέλει ζητήσῃ · »
18 καὶ τὴν τιμὴν ἀπάντεχεν γλήγορα νὰ ἀκούσῃ,
καὶ ἔλεγεν : « οἱ ἄνθρωποι ὅλοι μὲ ἀγαποῦσι,
ζητοῦν νὰ μ᾽ ἀγοράσουσι διὰ νὰ προσκυνοῦσι ·
καὶ θέλει ἔχῃ περισσὰ ἐτοῦτο τὸ δικόν μου,
εἶναι καὶ ὡραιότατον πολλὰ τὸ εἴδωλόν μου. »
Ὁ μάστορης ἐγύρισεν, εἶπεν : « ἂν τ᾽ ἀγοράσῃς,
24 εἶναι φτηνὰ τὰ πράγματα, δὲν εἶναι διὰ νὰ χάσῃς ·

---

90. 2. ἔχῃ. 3. δοκιμάσῃ. 5. σπῆτι. 6. σενοῦ, ἔφτιανε. 8. μάστορι. 9. μάστορις.
11. πόσω. 12. μάστορι, 13. τώρα. 16. θάρειεν. 17. θέλη. 21. θέλη. 22. ὡραιώτατον.
23. μάστορις. 24. φτινά.

τῆς Ἥρας ἕνα ἔπαρε καὶ τοῦ Διὸς τὸ ἄλλο,
ὅτι πολλά 'ναι ἔμορφον, στ' ὄνομα εἶν' μεγάλο,
καὶ τοῦ Ἑρμῆ τὸ εἴδωλον ὕστερα θέλεις πάρῃ,
σὰν πουληθοῦν αὐτὰ τὰ δυὸ, ἐκεῖνο διὰ χάρη. »
Ἐπιμύθιον.
Θαρροῦσιν οἱ κενόδοξοι τὸ πῶς τοὺς ἐτιμοῦσι,
30 καὶ δὲν ἠξεύρουν οἱ πτωχοὶ πῶς ὅλοι τοὺς μισοῦσι.

91 (140).

Μῦθος μάντου Τειρεσία.

Μάντης μεγάλος ἤτονε τοὔνομα Τειρεσίας
καὶ ἔκαμνε καθημερνῶς σ' ὅλους πολλὰς μαντείας.
Σὲ κεῖνον πῆγεν ὁ Ἑρμῆς διὰ νὰ τὸν δοκιμάσῃ,
ὅσα μαντεύει καὶ λαλεῖ σὲ δρόμον ἂν ὑπᾶσι ·
καὶ ἐμεταμορφώθηκε, σὰν ἄνθρωπος ἐγένη,
6 στοῦ μάντη τὸ χωράφιον ὑπάγει καὶ σεβαίνει,
τὰ βόδιά του ἔκλεψεν, ἐπῆρε κ' ἔκρυψέ τα,
κ' εἰς ἕναν τόπον τά 'βαλε τότε καὶ φύλαξέ τα.
Εὐθὺς στὸ κάστρον ἔδραμε, ἐκεῖ στὸν Τειρεσία,
εἶπε τον : « στὸ χωράφι σου ἐγίνηκε κλεψία ·
τὰ βόδιά σου ἔκλεψαν κλέπτες ὁποῦ ἐπῆγαν,
12 τώρα ἀκ τὸ χωράφι σου ἐπῆραν τα καὶ πῆγαν. »
Ἐκεῖνος τότε τὸν Ἑρμῆν λέγει : « νὰ τὸ ἰδοῦμεν,
καὶ τώρα νὰ μαντεύσωμεν, τὸν κλέπτην νὰ εὑροῦμεν. »
Καὶ τὸν Ἑρμῆν παρήγγειλεν νὰ δῇ ἂν ἀπετάῃ
πουλὶ, ἂν εἶναι πούπετε, σὲ ποῖον τόπον πάει.
Τότ' ὁ Ἑρμῆς στοχάζουντον καὶ εἶδε πῶς παγαίνει

26. ἦν. 27. θέλῃς. 29. καινόδοξοι.
91. 1. ἦτοναι. 2. μαντίας. 4. μαντεύῃ. λαλῇ. 6. ὑπάγῃ. σεβαίνῃ. 7. ἐπείρε.
11. κλέπταις. 12. τῶρα. 14. τῶρα. 17. ἴδε. παγέννῃ.

18 ἕνας μεγάλος ἀετὸς, ἀπέπτη, διαβαίνει ·
  τὸν Τειρεσίαν εἶπεν τον : « στὰ δεξιὰ τὰ μέρη
  εἶδα μεγάλον ἀετὸν καὶ ἦτον χωρὶς ταίρι. »
  Ἐκεῖνος τότε εἶπεν τον : « δὲν εἶναι στὴν μαντειά μας
  ὁ ἀετὸς ὁποῦ λαλεῖς νά 'ναι στὴν ὀρδινιά μας. »
  Δεύτερον εἶπεν τ' ὁ Ἑρμῆς : « τώρα κουροῦνα εἶδα,
24 ἀπάνω κάτω θεωρεῖ κ' ἔχει καλὴν ἐλπίδα. »
  Ὁ Τειρεσίας εἶπεν τον : « βλέπεις τὸ πῶς ἀμώνει
  πότε στὴν γῆν, στὸν οὐρανὸν τὴν κεφαλὴν σηκώνει,
  καὶ ἡ κουροῦνα φανερὰ λέγει με νὰ γρυκήσω,
  νὰ σὲ βαστῶ ἀπὸ κοντὰ, τώρα νὰ μὴν σ' ἀφήσω ·
  ὅτι, ἂν θέλῃς, ἔρχονται τὰ βόδια σ' ἐμένα,
30 ὁποῦ κρυφὰ τὰ ἔκλεψες κ' εὑρίσκονται κρυμμένα. »
				Ἐπιμύθιον.
  Ὁ μῦθος λέγει μας ἐδῶ ὁ κλέπτης πῶς ἠξεύρει
  τὸν ἄλλον κλέπτην, τὸν γρυκᾷ εἰς ὅλα νὰ τὰ εὕρῃ.

92 (217)

Μῦθος κυνηγοῦ.

Ἄνθρωπος ἕνας κυνηγὸς στὸ σπίτι του σκυλία
δύο 'χε ποῦ τὰ ἔτρεφε · τὸ ἕνα διὰ δουλεία
τὸ ἔμαθε νὰ κυνηγᾷ · τὸ ἄλλο νὰ φυλάγῃ,
στὸ σπίτι μόν' νὰ κάθεται, ἀλλοῦ νὰ μὴν ὑπάγῃ.
Ὁ σκύλος ποῦ 'ταν κυνηγὸς ἔφερν' ἀκ τὸ κυνήγι
6 στὸ σπίτι του καθημερνῶς ζῶα ὁποῦ 'χε πνίγη,
κ' ἔτρωγεν ἴσιον μερτικὸν μὲ τὸ σκυλὶ τὸ ἄλλο,
καὶ ἐβλαστήμα πάντοτε ποῦ 'χε κακὸν μεγάλο,

---

18. διαβαίνη. 20. μεγάλην. τέρρι. 23. τώρα. 24. ἔχη. 25. ἀμώνη. 26. σηκώντ.
28. τώρα. ἀφίσω. 29. θέλεις. 30. κρυμένα. 31. ἠξεύρη.
92. 1. σπῆτι. 2. δουλία. 4. σπῆτι. 5. κυνῆγι. 6. σπῆτι. 8. ἐβλαστῆμα.

γιατὶ κυνήγα μοναχὸς καὶ εἶχε κοπιάζῃ,
καὶ κεῖνος ἀκ τὸ σπίτιον ἄρχισε νὰ μοιράζῃ
μὲ κεῖνον ὅπου κάθεται καὶ δὲν ἔχει δουλεία,
12 καὶ εἰς τὸ σπίτι βρίσκεται χωρὶς ὑπηρεσία.
Ὁ ἄλλος σκύλος εἶπεν τον : « τί 'ναι αὐτὰ ποῦ λέγεις ;
παραπονᾶσαι ἄδικα ἀπάνω μου καὶ κλαίγεις ;
ὕβρισε τὸν ἀφέντη μου ποῦ μ' ἔμαθε τὸν τρόπον
στὸ σπίτι μόν' νὰ κάθωμαι, νὰ τρώγω χωρὶς κόπον. »
                          Ἐπιμύθιον.
Τοὺς νέους τοὺς ἀπαίδευτους τίποτες μὴν τοὺς ποῦμεν,
18 μόνον ποῦ τοὺς ἐπαίδευσαν ἐκείνους νὰ γελοῦμεν.

93 (52).

Μῦθος γυναικός.

Γυναῖκα εἶχε κάποιος κακόγνωμην στοὺς τρόπους
κ' ἐμίσα τοῦ σπιτίου της τοὺς ἄλλους τοὺς ἀνθρώπους ·
τοὺς δουλευτᾶδες εἰς κακὸν πάντοτε τοὺς ἐθώρειε ·
ὁ ἄνδρας της τὴν γνώμην της ν' ἀλλάξῃ δὲν ἠμπόρειε,
νὰ δοκιμάσῃ ἤθελε ἂν καὶ εἰς τοῦ πατρός της
6 στοὺς δουλευτᾶδες βρίσκεται ἔτζι ὁ λογισμός της ·
καὶ τότε ηὗρεν ἀφορμὴν ἐκεῖ καὶ ἔστειλέν την,
καὶ μὲ ἡμέρες ὕστερα σὰν ἦλθ' ἐρώτησέν την ·
εἶπεν την : « πῶς ἐπέρασες στὸ σπίτι τοῦ κυροῦ σου,
καὶ πῶς σε φάνηκεν ἐκεῖ εἰς τὸν καιρὸν ὁποῦ 'σουν; »
« Ἄνδρα, τὸν εἶπεν, ὅλοι τους στὸ σπίτι τοῦ πατρός μου
12 ποιμένες, βουβαλάρηδες περνοῦσαν ἀπ' ἐμπρός μου

---

10. σπήτιον ἄρχησε. 11. δουλία. 12. σπῆτι. 13. τίνε. 14. κλαίεις. 15. ἀφέντι.
16. σπῆτι.
93. 2. καὶ ἐμίσα. σπητίου. 3. δουλευτάδες. ἐθόριε. 4. νὰ λάξη. ἠμπόριε. 6. δου-
λευτάδες. ἔτζη. 7. ηὖρεν. ἔστηλλεν. 8. ἡμέραις. 9. σπῆτι. 11. σπῆτι. 12. βουβαλλάριδες.

καὶ μὲ ἀγριοβλέπασιν ὅλοι καὶ μὲ μισοῦσαν ·
ξεπίσω μου μὲ βλέπασι καὶ μὲ κατηγοροῦσαν. »
Ἐκεῖνος τότε εἶπεν τὴν τὸ πρᾶγμα νὰ γρυκήσῃ :
« γυναῖκα, δὲν τὴν ἐγρυκᾷς τὴν ἐδικήν μου φύσῃ ·
ἐκεῖνοι ἐσηκώνουνταν πάντα καὶ ταχυνεῦαν,
18 καὶ βράδυ μόν᾽ στὸ σπίτι τους πάντα ἀργὰ ἐμπαῖναν,
καὶ πάλε σὲ μισούσασι, λίγο ποῦ σὲ θωροῦσαν,
ὡσὰν λέγεις, σ᾽ ἀγριόβλεπαν καὶ σὲ κατηγοροῦσαν,
τί θέλουν λέγουσιν αὐτοὶ στὸ σπίτι ποῦ 'ναι τώρα
ποῦ εἶσαι πάντα μὲτ αὐτούς, δὲν λείπεις μίαν ὥρα; »
Ἐπιμύθιον.
Πάντοτε ἀπὸ τὰ μικρὰ γρυκοῦνται τὰ μεγάλα,
21 καὶ ἀπὸ τ᾽ ἀφανέρωτα τὰ πράγματα τὰ ἄλλα.

94 (134).

Μῦθος ἐριφίου.

Ἐρίφι ἔξω ἔτυχεν ἀπὸ τὴν συντροφιά του
χ᾽ ἔτρεχε τὸ ταλαίπωρον νὰ βρῇ τὴν κατοικιά του ·
λύκος τότ᾽ ἐκυνήγησεν, ἀπάνω του 'χε πάγῃ
καὶ ἔφτασέν το σύντομα χ᾽ ἤθελε νὰ τὸ φάγῃ.
Ἐκεῖνο τότ᾽ ἐγύρισε, λέγει τον : « ἄκουσέ μου
6 τὸν λόγον ποῦ σὲ θέλω πῆ καὶ ἀφικρύστησέ μου ·
ἐγὼ ἐβεβαιώθηκα τοῦ λόγου μου πῶς χάνω,
καὶ ἔφτασαν ἡμέρες μου καὶ θέλω ν᾽ ἀποθάνω,
καὶ τώρα μέλλει τὴν ψυχὴν στὸν ἄδην νὰ τὴν πέψω,
καὶ θέλω λίγον νὰ χαρῶ, νὰ ποίσω νὰ χορέψω,

---

13. ἀγριωβλέπασιν. 17. ἐσυκόνουνταν. ταχυνεύαν. 18. βράδι. σπῆτι. ἐμπέν//αν.
19. πάλαι. θορούσαν. 20. λέγης. ἀγριώβλεπαν. 21. σπῆτι. τῶρα.
94. 3. ἐκυνήγισεν. 4. εὔτασιν. 8. εὔτασαν ἡμέραις. 9. τῶρα. πέμψω.

τότε ἐσὺ τραγούδησε ἔμνοστα νὰ μὲ φάγῃς
12 καὶ εἰς τὴν κατοικίαν σου μὲ τὴν χαρὰν νὰ πάγῃς. »
Ὁ λύκος ἔτζι ἔστερξε διὰ νὰ τραγουδήσῃ,
καὶ τὸ ἐρίφι τὸν χορὸν μὲ τὴν χαρὰν νὰ στήσῃ.
Οἱ σκύλοι σὰν ἠκούσασι τοῦ λύκου τὴν λαλία,
τὸν λύκον ἐκατάτρεχαν μὲ τὴν πολλὴν κακία.
Τότε ὁ λύκος ἔλεγε : « δίκαια ἔπρεπέν με,
18 καὶ τὸ ἐρίφι φανερὰ τώρα ἐγέλασέν με ·
μάγειρας νὰ 'μαι μ' ἔπρεπεν ἐγὼ νὰ μαγειρεύω,
ὄχι τραγούδια, χορούς εὔκαιρα νὰ γυρεύω. »
        Ἐπιμύθιον.
Ὁ μῦθος λέγει πῶς τινὲς ἐκεῖνα ποῦ ἠξεύρουν
ἂς τὰ μεταχειρίζωνται, ἄλλα νὰ μὴν γυρεύουν.

95 (186).

Μῦθος τζαγανοῦ.

Κάβουρας, ἤγουν τζαγανὸς, 'κ τὴν θάλασσαν ἐξέβη,
στὴν στερεὰν ἠθέλησεν, ὠρέχτη νὰ ἀνέβη ·
καὶ μία τότε ἀλεποῦ εἶδεν τὸν πεινασμένη,
ἐχάρη πῶς τὸν ηὗρηκε σὰν ἦταν πικραμένη,
καὶ ἔφαγέ τον παρευθύς, καὶ κεῖνος εἶχε λέγη :
6 « δὲν πρέπει νὰ μὲ λυπηθῇ τινὰς καὶ νὰ μὲ κλαίγη,
ὅτι τὴν θάλασσ' ἄφησα ὁποῦ 'μουν καθημένος,
ἐγὼ ἐδῶ τί ἐγύρευα νὰ γέν' ἀποθαμένος; »
        Ἐπιμύθιον.
Ὁ μῦθος λέγει : ὁ καθεὶς στὰ ἰδιά του πρέπει
νὰ πράττῃ, νὰ στοχάζεται, τὰ ξένα νὰ μὴν βλέπη.

---

11. τραγούδισεν ἔμνοστα. 12. πάγεις. 13. ἔτζη. 14. στίση. 18. τώρα. 19. νάμε μέπρεπεν. 22. μεταχειρίζονται.
95. 2. ὀρέχτη. 4. ηῦρικε. 6. λυπιθῆ. 7. ἄφισα. 10. πράττει.

96 (193).

Μῦθος λαβουτιστοῦ.

Λαβουτιστὴς ἀνήξευρος σὲ σπίτι εἶχε τύχη
καὶ ἐτραγούδα κ' ἔπαιξε κ' ἀγρούτασιν οἱ τοῖχοι ·
καὶ θάρρησεν ὅτ' ἔμαθε νὰ βγῇ εἰς τὸ παζάρι,
νὰ τὸν θαυμάσουσι πολλοὶ καὶ ὄνομα νὰ πάρῃ ·
ἐβγῆκε καὶ τὸ ἔπαιξε καὶ ὅλοι τὸν ἐφτοῦσαν,
6 καὶ ἄλλοι τὸν ὑβρίζασι, τὸν ἐλιθοβολοῦσαν.
                    Ἐπιμύθιον.
Ὁ μῦθος λέγει πῶς τινὲς λέγουν καὶ ῥητορεύουν,
ὁπόταν εἶναι μοναχοὶ, καυχοῦνται ὅτ' ἠξεύρουν.

97 (212).

Μῦθος κουροῦνας.

Κουροῦνα ἐβουλήθηκε τὸν κόρακα νὰ φθάσῃ,
καὶ νὰ λαλῇ σὰν κόρακας τὸν κόσμον νὰ γελάσῃ ·
ὅτ' ἔχουν μερικοὶ τινὲς πάντοτε ὑποψία
ὡσὰν λαλήσ' ὁ κόρακας, ἔχουν το σὲ μαντεία.
Σ' ἕνα δενδρὸν ἐλάλησε, σὰν εἶδεν στρατοκόπους,
6 τότε ὡσὰν ἐγύρισαν τινὲς ἀκ τοὺς ἀνθρώπους,
καὶ εἶδασι τὸ πῶς λαλεῖ κουροῦνα καὶ φωνάζει,
ἕνας ἀπιλογήθηκε : « ψέματα, εἶπε, κράζει ·
κουροῦνα 'ναι ὁποῦ λαλεῖ καὶ δὲν ἔχει μαντείαν,
μηδὲ ἀξίζει σὰν λαλεῖ νὰ ἔχη προφητείαν. »

---

96. 1. σπῆτι. 2. ἔπαιξε. τύχοι corrigé en τεῖχοι. 3. Θάρρησεν. ναυγῆ. παζάρη.
5. εὐγῆκε.
97. 1. κουροῦνα. 5. τένα. ἰδεῖν. 7. ἰδασι. φωνάζη. 10. ἀξίζη. λαλῆ. ἔχει.

Ἐπιμύθιον.

Ὁ μῦθος λέγει : μερικοὶ ἔχουν πομπὴν μεγάλη,
12 νὰ 'ναι μικροὶ νὰ δείχνουσι τάχα πῶς εἶν' μεγάλοι.

98 (213).

Μῦθος κουρούνας.

Κουροῦνα ἐθυσίαζε τὴν Ἀθηνᾶ θυσία
νὰ ἔχη εἰς τὰ ὄρνεα καὶ κείνη παρρησία ·
σκύλαν ἐπροσκαλέθηκε κ' εἶπεν τὴν νὰ ὑπάγη
εἰς τὴν θυσίαν ποῦ 'καμε τάχα διὰ νὰ φάγη.
Κ' ἡ σκύλα τότε εἶπεν τὴν : « στὸν νοῦν σου δὲν τὸ βάνεις
6 ἡ Ἀθηνᾶ πῶς σὲ μισεῖ καὶ τὲς θυσίες χάνεις;
στὸ γένος σας εὑρίσκεται τίποτες λίγη χάρη,
καὶ κείνην ὡς τὸ ὕστερον θέλει νὰ τὴν ἐπάρη. »
Τότε ἀπιλογήθη τὴν, λέγει τὴν : « διὰ κεῖνο
τὴν Ἀθηνᾶ καλοκρατῶ, μηδ' ἔτζι τὴν ἀφίνω,
ἐὰν δὲν τὴν παρακαλῶ νὰ κάμω τὴν θυσίαν,
12 πῶς θέλει με καλοϊδῆ, νὰ 'χω εὐεργεσίαν; »
                    Ἐπιμύθιον.
Ὁ μῦθος λέγει πῶς τινὲς ξοδιάζουν στοὺς ἐχθρούς τους
διὰ νὰ μὴν τοὺς ἔχουσι διὰ ἀντιδικούς τους.

99 (207).

Μῦθος κοράκου.

Κόραξ φαγὶ δὲν ηὕρηκε κ' ἐννοιάζετον περίσσια,

---

12. ἢν. μεγάλη.
98. 1. ἀθηνὰ. 3. σκύλαν. 5. βάνῃς. 6. ταῖς θυσίαις χάνῃς. 7. ἐβρίσκεται. 9. ἀπιλο-
γήθη. 10. ἔτζη. 12. θέλῃ. 13. ἐξοδιάζουν.
99. 1. ηὕρικε καὶ νιάζετον.

καὶ φίδι εἶδε κ' ἔδραμε, πῆγε σὲ κεῖνο ἴσια ·
ηὗρε καὶ ἐκοιμάτονε, καὶ τ' ἄρπασε καὶ πάγει,
καὶ μὲ χαρὰν ἠθέλησε τὸ φίδι νὰ τὸ φάγῃ.
Ἐκεῖνο τότε γύρισε, σφικτὰ ἐδάγκασέ τον,
5 εὐθὺς τὸν ἐθανάτωσεν καὶ ἐφαρμάκωσέ τον.
Τότ' ἔλεγεν ὁ ταπεινός : « τί εἶναι τὰ παθαίνω;
ἐγὼ φαγὶ ἐγύρευα καὶ τώρα ἀποθαίνω. »
          Ἐπιμύθιον.
Ὁ μῦθος διὰ ἄνθρωπον λέγει ὁποῦ νὰ εὕρῃ
βίον νὰ πέφτ' εἰς κίνδυνον, διὰ νὰ μὴν ἠξεύρῃ.

100 (201 в).

Μῦθος κουρούνας.

Κουροῦνα ἐβουλήθηκε νὰ γένῃ περιστέρι,
μὲ ἄλλα περιστέρια καὶ κείνη γίνῃ ταίρι,
ὅτι πολλὰ τὰ ζούλευεν ποῦ τρέφονταν εἰς τόπον
καὶ ἔτρωγαν καὶ ἔπιναν χωρὶς κανέναν κόπον ·
καὶ ἄσπρισε τοῦ λόγου της διὰ νὰ τὰ μοιάζῃ,
5 μέσα στὰ περιστέρια καὶ κείνη νὰ ταιριάζῃ ·
ὅσον ποῦ δὲν ἐφώναζε, ἐπέρνα μὲτ ἐκεῖνα ·
σὰν ἤκουσαν καὶ λάλησε, ποσῶς δὲν τὴν ἀφίνα,
μόνον τὴν ἐδιώξασι καὶ δὲν τὴν ἠθελῆσαν,
κουροῦνα σὰν ἐφάνηκεν ὅλα τὴν ἐμισῆσαν ·
τότ' ἐκεῖ ἡ ταλαίπωρη δὲν εἶχε τί νὰ ποίσῃ,
12 κ' εἶπε κουροῦνα νὰ γενῆ καὶ κεῖνα νὰ τ' ἀφήσῃ.
Κ' εἰς τὲς κουροῦνες διάβηκε, δὲν εἶχε τί νὰ κάμῃ,

---

2. φίδι. 3. ηὗρε. ἐκοιμάτονε. πάγη. 4. φιδι. 7. παθένω. 8. τῶρα ἀποθένω. 9. λέγη.
10. πεύτ'.
100. 2. τέρι. 4. κόπον effacé et au dessus τρόπον, mais j'avoue que je pré-
fère κόπον. 5. ἄσπρησε. 6. τεριάζει. 8. ἀφῆνα. 12. ἀφίση. 13. ταῖς κουροῦναις.

ἀλλοῦ νὰ πάγῃ δέν εἶχε, οὐδὲ νὰ καταδράμῃ.
Λοιπὸν ὡσὰν ἐκίνησε καὶ πῆγεν εἰς τὲς ἄλλες,
τὴν ἐδιῶξαν κ' ἔπαθε τότε πομπὲς μεγάλες ·
διότι σὰν τὴν εἴδασι καὶ ἦτον ἄλλο σῶμα,
18 κουροῦνα δὲν ὡμοίαζε καὶ ἄλλαξε στὸ χρῶμα,
ἐκεῖ δὲν τὴν ἐστέρξασι κ' ἔπαθεν τέτοιον πρᾶμα,
τοὺς δύο τόπους ἔχασεν κ' ἔπεσεν εἰς τὸ κλᾶμα.
Ἐπιμύθιον.
Ὁ μῦθος λέγει μας ἐδῶ ὅτι ἡ πλεονεξία
κάμνει καὶ χάνουν περισσοὶ καὶ πλοῦτον καὶ ἀξία.

101 (202).

Ἄνθρωπος καὶ κουροῦνα.

Ἕνας κουροῦναν ἔδωκε δεμένη τὸ παιδί του
νὰ παίζῃ καὶ νὰ τὴν κρατῇ μέσα εἰς τὴν αὐλή του ·
ἐκείνη δεν ἠμπόρεσε δεμένη ν' ἀπομένῃ,
ἔφυγε καὶ ἐπέταξε, σ' ἕνα δενδρ' ἀνεβαίνει ·
στὸ ῥάμμα ἐπιάστηκε ὁποῦ 'τονε δεμένη,
6 κ' εἰς τὰ κλαδία βρίσκουντον τότε μπεδουκλωμένη ·
καὶ κρέμουντον καὶ ἔκλαιε πῶς ἔκαμε λωλία
καὶ τοὺς ἀνθρώπους ἄφηκε, φοβήθη τὴν δουλεία,
καὶ τὴν ζωήν της ἔχασεν, ὁποῦ 'θελεν τὴν ἔχῃ,
διὰ νὰ εἶναι ἄγνωστη καὶ ἄλλα νὰ παντέχῃ.
Ἐπιμύθιον.
Ὁ μῦθος λέγει πῶς τινὲς λίγους κινδύνους φεύγουν
12 καὶ πέφτουν εἰς χειρότερους ὁποῦ τοὺς περισσεύουν.

---

15. ταῖς ἄλλαις. 16. πομπαῖς μεγάλαις. 17. ἴδασι. 19. πρᾶγμα.
101. 2. παίζει. κρατεῖ. 5. ῥάμα. ὁποῦτοναι. 6. μπεδουκλομένη. 8. ἄφικε. δουλία.

102 (136).

Μῦθος βοτάνου.

Βότανον ἔκαμ᾽ ὁ Θεὸς τεχνίτες νὰ τὸ φᾶσι,
καθένα του τὸ μερτικὸν εἶχε τὸν ἐμοιράση,
διὰ νὰ λὲν τὰ ψέματα, νὰ μὴν λαλοῦν ἀλήθεια,
καθὼς θαρροῦμεν πάντοτε πῶς εἶναι σ᾽ αὔτους πλήθια.
Ὁ παπουτζὴς ἀπόμεινεν ὁποῦ δὲν εἶχε πάρη
6 τὸ βότανον ποῦ εἴπαμεν ποῦ εἶχε τέτοιαν χάρη ˙
κ᾽ εἰς τὸν Θεὸν ἀνέθηκε καὶ ἐπαραπονέθη
στοῦ βοτανιοῦ τὸ μοίρασμα ἐκεῖ πῶς δὲν εὑρέθη.
Τότε τὸν εἶπεν ὁ θεός : « ἀπόμεινε κάμπόσο,
στὸ γδὶ ὅσον εὑρίσκεται τώρα νὰ σὲ τὸ δώσω. »
Ὡσὰν τῆς τό ᾽δωκε λοιπὸν εὑρέθηκε περίσσιο,
12 καὶ διὰ κεῖνα πάντοτε δὲν ἀγαπᾷ τὸ ἴσιο ˙
ὁ παπουτζὴς στὰ ψέματα πάντα τὸν περισσεύουν,
καὶ ὁ ράφτης εἰς τὲς κλεψιές, οἱ δύο αὐτοὶ διαβαίνουν.
Ἐπιμύθιον.
Ὁ μῦθος λέγει μας ἐδῶ διὰ τοὺς ψευδολόγους
τεχνίτας ὅπου ἔχουσιν εὔκαιρα μόν᾽ τοὺς λόγους.

103 (148).

Μῦθος ἀνθρώπου.

Ὡσὰν τὸν ἔπλασ᾽ ὁ Θεὸς τὸν ἄνθρωπον νὰ ἔχῃ

---

102. 1. τεχνίταις, φᾶσι. 2. καθ᾽ ἕνα. 4. θαροῦμεν, πλήθεια. 8. βοτανίου.
9. καμπόσω. 10. τώρα. 11. τῆς est ici pour τοῦ. 13. J'écris πάντα (*toujours*) au
lieu de πάντοτε, qui fausse le vers. 14. ράφτης.
103. 1. ἔχει.

πῶς νὰ γνωρίζῃ τὸ καλὸν καὶ τὸ κακὸν ν' ἀπέχῃ,
τὴν ἐντροπὴ ἀλησμόνησε νὰ δώσῃ στοὺς ἀνθρώπους,
καθὼς τὰ πάντα μοίρασε κ' ἔχουσιν ὅλα τόπους ·
καὶ ὥρισέν την νὰ φανῇ, νὰ πάγῃ παρρησίᾳ
6   στὸν ἄνθρωπον νὰ βρίσκεται, νὰ ἔχῃ τὴν ἀξία.
Ἐκείνη δὲν ἠθέλησεν ἐτοῦτο νὰ τὸ ποίσῃ,
τὸ πρᾶγμα ποῦ τὴν ἔλεγεν ποσῶς νὰ τὸ γρυκήσῃ ·
μόνον τὸν εἶπεν : « ἄφησ' με νὰ κάμω σὰν ἠξεύρω,
εἰς ὅποιον ἔρωτα εἰς σὲ ἀπάνω του νὰ εὕρω,
νὰ τὸν ἀφίνω παρευθὺς, νὰ φεύγω ἅμα ἅμα. »
12 Ἐτζ' ἔστερξε καὶ ἔστησε κ' ἔκαμε τέτοιον πρᾶμα ·
καὶ διὰ τοῦτο λέγουσιν οἱ πόρνοι πῶς μετέχουν
τὴν ἀδιαντροπότητα, αἰσχύνην δὲν τὴν ἔχουν.
                              Ἐπιμύθιον.
Ὁ μῦθος λέγει : ὅσ' εἶναι εἰς ἐρωτομανία,
σὲ κείνους περισσεύεται πάντα ἀναισχυντία.

104 (154).

Μῦθος ζώων πάντων.

Κάλεσμα ἔκαμ' ὁ Θεὸς τὰ ζῶα νὰ ὑπᾶσι,
στὴν τράπεζάν του θέλησε ὅλα νὰ πᾶν νὰ φᾶσι ·
καὶ ἔτζι ἐμαζώχθησαν καὶ πῆγαν ἐμπροστά του,
ἐκάθισαν καὶ ἔφαγαν ὅλα στὴν τράπεζά του ·
ἡ ἀχελῶνα ἔλειψε, τότε ἐκεῖ δὲν ἦτον,
6   καὶ διὰ τούτην ὁ Θεὸς βαρύνθη καὶ λυπεῖτον ·
μαντᾶτο τὴν ἐμήνυσε νὰ μάθῃ τὴν αἰτία,
καὶ κείνη ἀποκρίθη τον πῶς δὲν ἔχει δουλεία
ἀλλοῦ νὰ πᾷ νὰ περπατῇ, τὸ ὁσπίτι της ν' ἀφίνῃ,

---

9. ἄφις. 11. παρ' εὐθὺς. 12. τέτιον πρᾶγμα.
104. 3. ἔτζη. 4. ἐκάθησαν. 7. μαντάτο. 8. δουλία. 9. ἀλοῦ. σπῆτι.

σὲ τράπεζες νὰ κάθεται, νὰ τρώγη καὶ νὰ πίνη,
διότις κάλλιον ἀγαπᾷ στὸ σπίτι της νὰ στέκη,
12 εἰρηνικὰ νὰ βρίσκεται, νὰ μὴν πάγη παρέκει.
Τότ' ὁ Θεὸς σὰν τ' ἄκουσεν ἐκαταρίστηκέ την,
πολλὰ τὸ ἐβαρέθηκεν, εὐθὺς ὠργίστηκέ την,
καὶ εἶπε την νὰ τὸ κρατῇ τὸ σπίτι της μαζί της,
στὴν ῥάχιν της νὰ βρίσκεται στανιὸ μὲ τὴν πομπή της.
          Ἐπιμύθιον.
Ὁ μῦθος λέγει πῶς τινὲς προκρίνουν νὰ περνοῦσι
18 στενὰ καὶ νά 'ναι 'ρηνικοί, μεγάλα δὲν ζητοῦσι.

105 (284).

Μῦθος λύκου.

Λύκος πολλὰ κακὰ 'παθε κάπου ἀπὸ σκυλία,
κ' ἔτυχεν ἕνα πρόβατον κ' εἶπε το μὲ φιλία
ὅτι ἐπείνα περισσὰ, δὲν εἶχε τί νὰ κάμη,
νὰ πίη γύρευεν νερὸ λίγον ἀκ τὸ ποτάμι ·
καὶ ἔταξεν καὶ τὸ 'λεγεν, νερὸ ἂν τὸν ὑπάγη,
6 ἐκεῖνος θέλει βρῇ τροφὴν καὶ νὰ μηδὲν τὸ φάγη ·
Τὸ πρόβατ' ἀποκρίθηκεν, εἶπεν : « ἐγὼ ἂν τὸ ποίσω
τὸ πρᾶγμα ὁποῦ μὲ λαλεῖς, θέλω σε ὠφελήσω,
διότ' ἂν δώσω 'γὼ νερὸ νὰ πίῃς, λύκε, τώρα,
τροφὴ δική σου γίνομαι ἐδῶ σὲ λίγην ὥρα. »
          Ἐπιμύθιον.
Ὁ μῦθος λέγει μας ἐδῶ : τινὲς μὲ πανουργία
12 φαίνονται ὅτι ἔχουσι διάθεσιν ἀγία.

---

10. τράπεζαις. 11. διότης κάλιον. σπῆτι. 12. παρέκη. 14. ὀργίστηκε. 15. κρατεῖ.
σπῆτι. 16. πομπήν.
105. 4. ποτάμη. 6. θέλη. 7. πίσω. 9. τώρα.

106 (236).

Μῦθος λαγωῶν καὶ ἀετῶν.

Οἱ λαγωοὶ καὶ ἀετοὶ ἐμάλλωναν ἀντάμα,
καὶ ἐθαρροῦσαν κάμουσι κάτι μεγάλο πρᾶμα ·
τὲς ἀλεποῦδες μήνυσαν χάριν νὰ τὲς ἐποίσουν
νὰ πᾶσιν εἰς τὸν πόλεμον μαζὶ νὰ βοηθήσουν.
Ἐκεῖνες ἀποκρίθησαν, εἶπαν τους πῶς γνωρίζουν
6   τὸ ποῖοι εἶναι οἱ λαγοὶ καὶ ποίους πολεμίζουν ·
καὶ διὰ τοῦτ' ἂς κάθωνται, νά 'ναι ἀναπαμένοι,
νὰ μὴν θαρροῦν τοῦ λόγου τους πῶς εἶν' ἀνδρειωμένοι.
               Ἐπιμύθιον.
Ὁ μῦθος λέγει πῶς τινὲς ὁποῦ φιλονεικοῦσι
μὲ τοὺς μεγαλιώτερους τοῦ λόγου τους λυποῦσι.

107 (294).

Μῦθος μυρμήγκων.

Ὁ μύρμηγκας ποῦ βλέπομεν ἄνθρωπος πρῶτα ἦτον,
καὶ ἔκαμε γεωργικήν · ποτέ του δὲν ἀρκεῖτον
μὲ κεῖνα ποῦ ἐδούλευε, μὲ τὸν δικόν του κόπον,
ἀλλὰ νὰ κλέπτῃ ἤθελεν καὶ ἀλλονῶν ἀνθρώπων ·
μάλιστα τοὺς γειτόνους του τοὺς ἔκλεφτε σιτάρι,
6   ἢ πρᾶγμα ἄλλο ποῦ 'χασι, ἢ βρόμι ἢ κριθάρι ·
καὶ διὰ τοῦτο ὁ θεὸς εἶχε τὸν ἐμισήσῃ,
καὶ τὸν ἐκαταρίστηκεν, ἔτζι τὸν εἶχε ποίσῃ.

---

106. 1. ἐμάλωναν. 2. ἐθαροῦσαν. πρᾶγμα. 3. ταῖς ἀλεπούδαις. ταῖς ἐποίσουν.
5. ἐκείναις. 8. θαροῦν. ἀνδριωμένοι. 9. φιλονικοῦσι. 10. μεγαλιότερους.
107. 1. μύρμιγκας. 5. γιτόνους. 6. βρόμη. 8. ἔτζη.

Λοιπὸν ὡσὰν ἐγίνηκεν, δὲν θέλει νὰ ἀλλάξη
τὴν ἄτυχην καὶ τὴν κακὴν τὴν πρώτην του τὴν τάξη ·
μόνον στ᾽ ἁλώνια πορπατεῖ, ὅ,τ᾽ εὕρη τὸ μαζώνει,
12 στὴν τρύπαν ὅπου βρίσκεται ὑπάγει καὶ τὸ χώνει.
Ἐπιμύθιον.
Ὁ μῦθος λέγει μας ἐδῶ : ἡ φύσις δὲν ἀλλάσσει
ὁποῦ 'ναι πάντα πονηρά, τὸν τρόπον νὰ τὸν χάση.

108 (307).

Μῦθος νυκτερίδας.

Ἔπεσε κάτω εἰς τὴν γῆν πουλάκι νυκτερίδα ·
σ᾽ τόπον ποῦ πέτα τὸ πτωχόν, καὶ δῶ καὶ κεῖ ἐπήδα,
κάτα λοιπὸν τὸ ἔτυχεν κι ἀπάνω τοῦ 'γε πάγη,
κ᾽ ἤθελε τὸ ταλαίπωρον ἐκείνη νὰ τὸ φάγη.
Πολλὰ ἐπαρακάλεσεν νὰ τὸ ἐλευθερώση,
6 νὰ ποίση λίγο ψυχικό, νὰ μὴν τὸ θανατώση.
Ἡ κάτα τότε εἶπεν το « τὸ πῶς τὰ πολεμίζει,
πάντοτε μάχεται πολλὰ καὶ τὰ πτηνὰ μαδίζει,
καὶ δὲν μπορεῖ τὴν τάξιν της ποσῶς νὰ τὴν ἀλλάξη ·
μόνον τὰ τρώγει πάντοτε, ἔτζι τὸ ἔχει τάξη. »
Ἐκεῖνο τότε εἶπεν την ποντίκ᾽ εἶναι στὴν φύση,
12 νὰ τὴν γελάση ἤθελε, μήπως καὶ τὸ ἀφήση.
Ἡ κάτα τότ᾽ ἐπίστευσε καὶ ἐλευθέρωσέ το,
δὲν τό 'φαγε καὶ τ᾽ ἄφησε, 'κ τὸν θάνατό 'σωσέ το.
Ἄλλοτε πάλιν ἔτυχε σὲ κάτα ἐπιάστη,
καὶ δεύτερον ἐγλύτωσε, ποσῶς δὲν ἐχαλάστη ·
τὴν ἄλλην κάτα εἶπεν την : « κρῖμα 'ναι νὰ μὲ φάγης,

9. θέλη. ἀλάξη. 11. στὰ λώνια. εὕρει. μαζώνη. 12. ὑπάγη. χώνη. 13. ἀλάση.
108. 2. ἐπῆδα. 8. μαδίζη. 9. μπορῆ. ἀγάξη. 10. ἔτζη. 14. τάφισε. 17. κρίμαναι.

18 τώρα μὲ ἐλευθέρωσε κ' εἰς τὸ καλὸ νὰ πάγῃς. »
   Ἐκείνη πάλε εἶπεν το : « ὅλους τοὺς πολεμίζω
   τοὺς ποντικοὺς σὰν τοὺς εὑρῶ, πάντα τοὺς ἐξεσκίζω. »
   Τότε ἐκεῖνο εἶπεν τὴν : « δὲν εἶμαι 'γὼ ποντίκι. »
   Κ' εὐθὺς ἐλευθερώθηκεν ἀπὸ τὴν καταδίκη,
   διότι τὸ λυπήθηκε διὰ νὰ τὸ χαλάσῃ.
24 Ἔτζι λοιπὸν τὸ ὄρνεον εἶχε τὴν ἐγελάσῃ,
   καὶ ὄχι κείνην μοναχὰ ἐγέλασε μὲ τρόπον,
   ἀλλὰ καὶ πρῶτα γλύτωσε εὔκολα χώρις κόπον.
                    Ἐπιμύθιον.
   Φεύγουν τινὲς, γλυτώνουσι κινδύνους ποῦ λαχαίνουν
   ὡσὰν ἀλλάζουν τ' ὄνομα εὔκολα πιτυχαίνουν.

109 (310).

Μῦθος ἀνθρώπων.

Ἄνθρωποι εἰς αἰγιαλὸν κάπου περιπατοῦσαν,
σὲ ἀκρωτήρι στέκονταν, τὴν θάλασσα θωροῦσαν ·
ἔβλεπαν ποῦ ἐμαύριζαν φοῦντες καὶ γελαστῆκαν,
καράβι τὸ ἐθάρρεψαν, ὅλοι ἐλαθαστῆκαν,
ὅτ' ἦταν πολλὰ μακριὰ ἐκεῖνες ποῦ μαυρίζαν,
6 καράβι τὸ ἐλέγασι, σιγοῦρα τὸ ἐλπίζαν ·
ἐστέκουνταν καὶ πάντεχαν · σὰν ἔφτασαν κοντά τους,
ποῦ ἄνεμος τὲς ἔσυρνε, εἶπαν ἀνάμεσά τους :
« αὐτὸ καράβι δὲν εἶναι, μόνε μικρὸ σαντάλι,
καὶ τώρα ἂς παντέξωμεν μὴ λαθαστοῦμεν πάλι. »
Τότε ὡσὰν ἐκόντεψαν οἱ φοῦντες ἐμπροστά τους,

---

18. τώρα. 19. πάλαι. 20. πάντας avec un trait à l'encre rouge sur le ς. 21. ἦμαι.
ποντίκη. 24. ἔτζη. 25. κείνην. 27. λαχένουν. 28. ἀλάζουν. πιτυχένουν.
109. 2. θοροῦσταν. 4. ἐθάρεψαν. 5. ἐκείναις. 7. εὔτασαν. 8. ταῖς. 10. τώρα.

12 καὶ εἴδασίν τες φανερὰ μὲ τὰ ὀμμάτιά τους,
ἀνάμεσά τους εἴπασι τὸ πῶς ἐκαρτεροῦσαν
εὔκαιρα, χώρις ὄφελος, καὶ ψέματα θωροῦσαν.
        Ἐπιμύθιον.
Ὁ μῦθος λέγει πῶς τινὲς χωρὶς δοκιμασία
μὴν τοὺς θωρῆς νὰ ἔχουσι πλοῦτον καὶ ἐξουσία.

110 (321).

Μῦθος γκαδάρου ἀγρίου.

Γάδαρος ἕνας ἄγριος γάδαρον εἶδεν ἄλλον
ἥμερον ὅπου ἔτρωγε · εἶπεν : « καλὸν μεγάλον
ἔχεις ἐσὺ κ' ἔτζι περνᾶς κ' εἶσαι ἀναπαμένος,
καὶ 'γὼ νὰ φάγω δὲν ἔχω, πάντα 'μαι λιμασμένος. »
Κάπου λοιπὸν τὸν ἔτυχεν, εἶδε τον φορτωμένον
6 τὸν ἥμερον τὸν γάδαρον, ὡσὰν τὸν ὡργισμένον,
καὶ ἄνθρωπον ὀπίσω του εἶδε τὸ πῶς τὸν δέρνει,
στὸ θέλημά του δὲν ἦταν ὁποῦ 'θελε τὸν παίρνη.
Εἶπεν : « ἐγὼ ἂς χαίρωμαι καὶ ἂς τὴν μακαρίζω
τὴν ἐδικήν μου τὴν ζωήν, τοῦ λόγου μου π' ὁρίζω. »
        Ἐπιμύθιον.
Ὁ μῦθος λέγει : δὲν εἶναι κέρδος ὁποῦ ν' ἀξίζῃ
12 νὰ βρίσκεται μὲ κίνδυνον, ἄνθρωπον ν' ἀφανίζῃ.

111 (319).

Μῦθος τῶν γαδάρων.

Ἔναν καιρὸν συνάχθησαν ὅλοι τους οἱ γαδάροι

---

12. ἴδασίν ταις. 14. θωροῦσαν. 16. θωρῆς.
110. 3. ἔτζη. 4. με λιμασμένος. 5. ἴδε. 6. ὀργισμένον. 7. δέρνη. 8. πέρνη. 9. χαί-
ρομαι.

καὶ κλαίγασι τοῦ λόγου τους πῶς ἔχουν πάντα βάρη ·
στὰ βάσανά 'ναι πάντοτε, εἰς τὲς ταλαιπωρίες,
ποτὲ ἀπὸ τοῦ λόγου τους δὲν λείπουν οἱ δουλεῖες ·
εἰς τὸν Θεὸν ἐστείλασι λόγον νὰ τοὺς γλυτώσῃ,
6 ἀπὸ τὰ τόσα βάσανα νὰ τοὺς ἐλευθερώσῃ.
Καὶ ὁ Θεὸς ἠθέλησε τάχα νὰ τοὺς ἐδείξῃ
μὲ στράταν νὰ λευθερωθοῦν, νὰ μὴν τοὺς ἀπορρίξῃ ·
τοὺς ὥρισε νὰ κάμουσι κατὰ τὸ ζήτημά τους,
ποτάμι νὰ γένῃ τρανὸ μὲ τὸ κατούρημά τους
καὶ τότε θέλουν λυτρωθῇ ἀπὸ τὴν δουλοσύνη,
12 θέλουν ἰδῇ ἐλευθεριὰ, νὰ ἔχουν καλοσύνη.
Λοιπὸν διὰ ἀλήθειαν τὸ πρᾶγμα πιστωθῆκαν
καὶ διὰ τοῦτο πάντοτε τούτην τὴν τάξιν ποῖκαν :
ὅποιος γάδαρος ἰδῇ κατούρημα καὶ λάχῃ
ἄλλου ναδάρου πόρριξε, πάντοτε ἔγνοιαν ἔχῃ
νὰ ρίχνῃ τότε καὶ αὐτὸς κατούρημα στὸν τόπον
18 νὰ γένῃ ποταμὸς τρανὸς, νὰ ἔβγουν ἀκ τὸν κόπον.
          Ἐπιμύθιον.
Ὁ μῦθος λέγει μας ἐδῶ : ἡ τύχης δὲν ἀλλάζει
ὅποιος εἶν' κακότυχος εἰς ὅσα δοκιμάζει.

112 (336).

Μῦθος γαδάρου.

Γάδαρος εἰς τὴν ῥάχιν του ἐντύθηκε τομάρι
λεονταρίου, κ' ἤθελε νὰ 'χῃ καὶ κεῖνος χάρη,
τὰ ζῶα ὅπου τὰ εὑρῇ τάχα νὰ φοβερίζῃ,
τὸ πῶς ὁμοιάζει λέοντας καὶ μὲ ἀνδριὰ γυρίζει.

---

111. 3. ταῖς ταλαιπωρίαις. 4. δουλίαις 8. ἀπορίξη. 10. κατούρ-
ριμα. 16. πόριξε. 17. κατούριμα. 18. εὔγουν. 19. ἀλάξη. 20. ἤν. δοκιμάξη.
112. 1. ἐντίθηκε τομάρη. 4. ὁμοιάξη. γυρίζη.

Ἔλαχε κ' εἶδεν ἀλεπού καὶ πῆγεν ἐμπροστά της,
6 νὰ τὴν ξιπάσῃ ἤθελε καὶ στάθηκε κοντά της ·
ἡ ἀλεπού προτίτερα ἤθελε τὸν γρυκήσῃ
εἰς τόπον ὅπου ἤτανε καὶ ἤθελε γκαρίσῃ ·
εἶπεν τον ὅτι « ἤξευρε τώρα πῶς σε φοβούμουν,
ἂν δὲν σὲ γρύκουν 'κ τὴν λαλιάν, εἰς τόπον ὅπου ἤμουν,
ποῦ γκάριζες καὶ φώναξες σὰν ἔχεις τὴν συνήθεια,
12 ἀμὴ ἐγὼ φοβούμουνε ἀπάνου σε ἀλήθεια. »
Ἐπιμύθιον.
Ὁ μῦθος λέγει πῶς τινὲς πὄχουν ἀπαιδευσία
ἀπὸ τὴν γλῶσσα φαίνουνται πῶς ἔχουν ἀγνωσία.

113 (327).

Μῦθος γαδάρου.

Γάδαρος κάπου ἔλαχε μὲ ξύλα φορτωμένος,
σὲ λίμνην ὁ ταλαίπωρος ἔπεσ' ὁ ὠργισμένος ·
λοιπὸν δὲν ἐδυνήθηκε νὰ σηκωθῆ ἀπέκει,
ἔξω νὰ βγῆ ἀκ τὸ νερὸ καὶ νὰ ὑπᾶ παρέκει ·
ἔκλαιεν, ἐπικραίνουντον πὄπαθε τέτοιον πρᾶμα.
6 Οἱ βαθρακοὶ σὰν ἤκουσαν τὸ ἐδικό του κλᾶμα,
ἐκεῖ ὁποῦ εὑρίσκουνταν μέσα κατοικισμένοι,
εἶπαν τον : « τί νὰ λέγωμεν ἡμεῖς οἱ ὠργισμένοι
ποῦ ἔχομεν τόσον καιρὸν ἐδῶ ποῦ κατοικοῦμεν,
ἀλλὰ ποσῶς δὲν κλαίομεν, τίποτες δὲν λαλοῦμεν;
καὶ σὺ διὰ λιγούτζικον ποῦ ἔπεσες λυπᾶσαι;
12 πρέπει λοιπὸν καὶ ἀλονῶν τοὺς πόνους νὰ θυμᾶσαι. »

---

5. κίδεν. 7. πρωτίτερα. 8. ἤτανε. 9. τώρα. φοβοῦμουν. 10. ἤμουν.
113. 2. ὀργισμένος. 3. D'abord δὲν ἐδυνήθηκε λοιπόν. σηκωθῆ. 4. ναΰγῆ. 5. ἐπι-κρένουντον. τέτιον πρᾶγμα. 6. κλάμα. 8. λέγομεν. ὀργισμένοι. 9. ἔχωμεν. 11. λιγού-τζηκον. 12. ἀλονῶν.

'Επιμύθιον.
Ὁ μῦθος εἰς ἀράθυμον ἄνθρωπον ἐξηγᾶται
ποῦ βλέπει μόν' τοῦ λόγου του καὶ ἄλλον δὲν θυμᾶται.

114 (330).

Μῦθος γαδάρου.

Εἰς τόπον ἦτον γάδαρος στὴν ῥάχιν πληγωμένος,
ἐστέκουντον καὶ ἔβοσκεν ἐκεῖ ὁ ὠργισμένος.
Κόρακας ἐδιάβηκεν ἀπάνω του καὶ στάθη,
ἐτζίμπα τον εἰς τὴν πληγὴν κ' εἶχε μεγάλα πάθη,
ἐπήδα καὶ ἐχόρευε 'κ τὸν πόνον ὁ καϊμένος,
6 τὸ τί νὰ κάμη δέν εἶχε ποσῶς ὁ ὠργισμένος.
'Αφέντης του ἀπὸ μακρὰ ἐγέλα διὰ τοῦτον,
λύκος τὸν εἶδε ἀπὸ μακριὰ τότε καὶ ἐλυποῦντον,
καὶ εἶπεν : « οἱ ταλαίπωροι ἡμεῖς κᾶν νὰ φανοῦμεν,
ἀπὸ τὸ πρόσωπον τῆς γῆς μέλλει νὰ διωχθοῦμεν ·
καὶ τούτους δὲν μαλλώνουσι, μηδὲ τοὺς ἐλαλοῦσι,
12 μόν' στέχουν καὶ τοὺς βλέπουσι καὶ μὲτ αὐτοὺς γελοῦσι. »
'Επιμύθιον.
Ὁ μῦθος λέγ' : οἱ ἄτυχοι φαίνουνται ἀπὸ μακρία,
ἀκ τὴν θωριὰ γνωρίζουνται χωρὶς τὴν μαρτυρία.

115 (326).

Μῦθος ἀλεποῦς καὶ γαδάρου.

Σύντροφοι κάποι γίνηταν μαζὶ νὰ περπατήσουν

---

14. βλέπη. λόγους.
114. 1. πληγομένος. 2. ὀργισμένος. 5. ἐπῆλα. 6. ὀργισμένος. 7. τούτον. 8. ἴδε.
11. μαλώνουσι.

μί' ἀλεποῦ καὶ γάδαρος νὰ πᾶν νὰ κυνηγήσουν.
Λέοντας τοὺς ἀπάντησε στὴν στράτα ποῦ 'χαν πάγη,
κ' ἠθέλησεν εὐθὺς ἐκεῖ τοὺς δύο νὰ τοὺς φάγη.
Ἡ ἀλεποῦ στὸν λέοντα πάγει καὶ τὸν ἐλέγει :
5 « ἀφέντη, μ' ἐλευθέρωσε, καμώθηκε καὶ κλαίγει,
καὶ 'γὼ τὸν γάδαρον αὐτὸν νὰ σὲ τὸν παραδώσω,
ἂν εἶναι μόν' τοῦ λόγου μου 'κ τὸν θάνατον νὰ σώσω. »
Ὁ λέοντας τὴν ἔταξε κακὸν νὰ μὴν τὴν ποίση,
καὶ συμφωνίαν ἔκαμε, ἔτζι τὸ εἶχε στήση.
Ἡ ἀλεποῦ μὲ πονηριὰν εὐθὺς ἐπρόδωσέν τον,
12 σὲ μιὰ παγίδα τὸν πτωχὸν τὸν γάδαρό 'βαλέν τον.
Ὁ λέοντας ἐπῆγε κεῖ, τὸν γάδαρον καὶ θώρειε
εἰς τὴν παγίδα ποῦ 'τονε, νὰ φύγη δὲν ἠμπόρειε ·
ἐπίασε τὴν ἀλεποῦ πρῶτα καὶ ἔφαγέν την,
καὶ ὕστερα τὸν γάδαρον, μηδ' ἐλυπήθηκέν την.
Ἐπιμύθιον.
Ὅσοι περνοῦν μὲ ψέματα, τοὺς φίλους τους γελοῦσι,
18 ἐκεῖνοι εἰς τὸ ὕστερον κακὰ 'ποκαταντοῦσι.

116 (342).

Μῦθος ὀρνίθας καὶ φιδίου.

Ὄρνιθα ἔτυχεν αὐγὰ φιδίου σ' ἕναν τόπον,
κ' ἔκατζε καὶ τὰ ζέσταινε, κ' εἶχε μὲ κεῖνα κόπον
τόσον ὁποῦ τὰ ἔβγαλεν, σὰν νὰ 'τανε δικά της,
νὰ τ' ἀναθρέψη θέλησε, σὰν κάμνει τὰ πουλιά της.
Τότε τὴν εἶδε χελιδὼν πῶς ἔκαμνε λωλία
6 καὶ τὰ φιδόπουλά 'θρεφε, σὰν νὰ 'τανε πουλία ·

---

115. 2. κυνηγήσουν. 5. πάγη. ἐλέγη. 6. (Voir le vers 18 de la Fable 108.)
κλαίγη. 10. ἔτζη. 11. πονηριὰν. 13. θώριε. 14. πούτοναι. ἠμπόριε. 15. ἐποίασε.
116. 1. σέναν. 2. ζέστενε. 3. εὔγαλεν. νάταναι. 4. ἀναθρέψει. 6. νάταναι.

λέγει την : « τί κάμνεις, λωλή; αὐτά, ὡσὰν θραφοῦσι,
ἀρχὴ ἐσένα παρευθὺς πιάνουν νὰ λυποῦσι. »
                    Ἐπιμύθιον.
Ὁ μῦθος λέγει : ὅσ’ εἶναι ὁπἔχουν πονηρία
οὐδὲ καλὸν ἠξεύρουσι, οὐδὲ εὐεργεσία.

117 (180).

Μῦθος καμήλας καὶ ἀνθρώπων.

Ὅταν ἀρχῆς οἱ ἄνθρωποι εἶδασι τὴν καμήλα,
ἔτρεμαν, ἐφοβούντανε σὰν τρέμουσι τὰ φύλλα ·
καιρὸς ὡσὰν ἐπέρασε κ’ εἶδαν καὶ τὴν γρυκῆσαν,
τότε τὴν ἐπιάσασι, πεσῶς δὲν τὴν ἀφῆσαν ·
ἐδέσαν την καὶ σύραν την, εἴχαν την στὴν δουλεία,
6 κ’ εὑρίσκεται τὴν σήμερον εἰς την ὑπηρεσία.
                    Ἐπιμύθιον.
Ὁ μῦθος διὰ φοβερούς λέγει ὡσὰν φανοῦσι
καὶ δὲν ἀξίζουν τίποτες, ὅλοι τοὺς ἐγελοῦσι.

118 (347).

Μῦθος φιδίου.

Φίδι εἰς τόπον βρίσκουντον ἀπ’ ὅλους πατημένον,
οἱ ἄνθρωποι τὸ εἴχασιν ὡς καταφρονεμένον ·
τὸν Δία ἐδεήθηκε διὰ νὰ τὸ γλυτώσῃ,
ἀπὸ τὴν καταφρόνεσιν νὰ τὸ ἐλευθερώσῃ.
Ἐκεῖνος τότε εἶπε τὸ πῶς ἄτυχά ’χε ποίσῃ,

---

9. λέγη. πονηρία.
117. 1. Ἴδασι. 5. δουλία.

ς τὸν πρῶτον ποῦ τὸ πάτησε διατί νὰ τὸν ἀρήσῃ
νὰ μὴν γυρίσῃ παρευθὺς κακὰ νὰ τὸν δαγκάσῃ,
ἄλλος νὰ ἔχῃ ἔννοιαν, νὰ βλέπῃ, νὰ τρομάσῃ.
            Ἐπιμύθιον.
Ὅποιος τὸν ἀντισταθῇ, τὸν πρῶτον τὸν ἐχθρόν του
γίνεται πάντα φοβερός, τιμᾷ τὸν ἑαυτόν του.

119 (357).

Μῦθος περιστερᾶς.

Περιστεράκι δίψησε κ' εἶδε νερὸ γραμμένον,
σ' ἕνα πινάκι ἤτονε μέσα ζωγραφισμένον ·
ἐθάρρεψεν ἀληθινὸν νερὸ 'ταν στὸ πινάκι,
καὶ μὲ τὴν βίαν ἔδραμε τ' ἄθλιο περιστεράκι ·
νὰ πίῃ ἐβουλήθηκε μὲ τὴν πολλὴν τὴν βίαν,
καὶ κεῖ κακὰ ἐκτύπησεν ἀκ τὴν ἀραθυμίαν.
Τότ' ἔδραμαν οἱ ἄνθρωποι κ' εὐθὺς ἐπίασάν το,
μαζί τους τὸ ἐπήρασι, σὲ τόπον φύλαξάν το.
            Ἐπιμύθιον.
Ὁ μῦθος λέγει μερικοὶ διὰ ν' ἀραθυμοῦσι
τοῦ λόγου τους ἐχάλασαν, διὰ νὰ μὴν γρυκοῦσι.

120 (358).

Μῦθος περιστερᾶς.

Περιστερὰ καμάρωνε διὰ πολυτεκνία,
πῶς κάμνει τέκνα περισσὰ καὶ ἔχουν εὐμορφία.

---

118. 6. ἀρήσῃ. 8. ἔχῃ ἔννοιαν.
119. 2. τόνε ἤτονε. 3. ἐθάρρεψεν.

Κουροῦνα σὰν τὴν ἤκουσε κάπου ὁποῦ καυχᾶτον
πῶς κάμνει τέκνα περισσὰ καὶ μοναχὴ παινᾶτον,
εἶπεν τὴν : « σώπηνε, λωλή, εὔκαιρα μὴν παινᾶσαι,
6 ὅτ' ὅσο πλειότερα γεννᾷς, πάντα χειρότερά 'σαι. »
        Ἐπιμύθιον.
Ὁ μῦθος λέγει μας ἐδῶ : ὅσ' εἶναι σὲ σκλαβία,
δὲν τὲς φελᾷ ποτὲ ποσῶς νά 'χουν πολυτεκνία.

121 (369).

Μῦθος πλουσίου ἀνθρώπου.

Πλούσιος ἕνας ἄνθρωπος ἔθαψε θυγατέρα,
μυρολογίστριες ἔκραξε καὶ κλαῖγαν ὅλη μέρα ·
ἡ ἄλλη θυγατέρα του τὴν μάννα της τὴν λέγει
πῶς δὲν ἐρώναζε πολλὰ καὶ περισσὰ νὰ κλαίγῃ ·
εἶπεν τὴν : « δὲν ἠξεύρω πῶς κάμνεις ἐσύ, μητέρα,
6 γιατί δὲν κλαίγεις περισσά, ποῦ 'χασες θυγατέρα;
τες ξένες δὲν τὲς ἐθωρεῖς πῶς κάμνουν τέτοιον κλάμα,
καὶ περισσότερα θρηνοῦν ἀπὸ ἐσένα, μάννα; »
Τότε ἡ μάννα εἶπεν τὴν : « μὴ θαύμαζε, παιδί μου ·
δὲν ἔχουν λύπην περισσὴν αὐτὲς σὰν τὴν δική μου,
ἀμὴ γιὰ τ' ἄσπρα κλαίουσι, νὰ πάρουν τὸν μισθόν τους,
12 ὄχι λυποῦνται καὶ θρηνοῦν ὡς πόνον ἐδικόν τους. »
        Ἐπιμύθιον.
Ὁ μῦθος λέγει μας ἐδῶ διὰ φιλαργυρίαν,
ἔννοιες ξένες ἔχουσι μόνον γιὰ λαιμαργίαν.

---

120. 6. πλιότερα. 8. ταῖς (il faut peut-être lire τοὺς),
121. 2. μυρολογίστριαις. 3. μάνα. λέγη. 6. κλαίγης. 7. ταῖς ξέναις. ταῖς ἐθωρεῖς. τέτιον κλάμα. 8. μάνα. 9. μάνα. 10. αὐταῖς. 11. τὰ ἄσπρα. 13. λέγη. 14. ἔννοιαις ξέναις.

122 (378).

Μῦθος βοσκοῦ.

Ἕνας βοσκὸς πηγαίνοντας πρόβατα νὰ βοσκήσῃ
ἠθέλησ' ὁ ταλαίπωρος καλὸ νὰ τοὺς ἐποίσῃ·
ἅπλωσε τὸ καββάδι του στὴν γῆν, καὶ τότ' ἀνέβη
σ' ἕνα δενδρὸν, καὶ ἄρχισε διὰ νὰ τὸ σαλεύῃ,
νὰ πέσῃ κάτω ὁ καρπὸς, τὰ πρόβατα νὰ φάγουν.
6 Τότε ἐκεῖνα ἔτρεξαν καὶ στὸ καββάδι πάγουν,
ἐπίασαν καὶ τό 'τρωγαν. Εἶπεν : ὦ ὠργισμένα
ζῶα, ὁποῦ 'στε ἄτυχα, ἔτζι ἀπελπισμένα,
τοὺς ἄλλους δίδετε μαλλιὰ καὶ κάμνουσι τὰ ροῦχα,
καὶ μὲ τὸν εὐεργέτην σας χαλᾶτε τοῦτο ποῦ 'χα·
ἐφάγετέ το ἄδικα μὲ ἀδιακρισία,
12 ὁπόπρεπε νὰ κάμετε σὲ μένα βεργεσία. »
          Ἐπιμύθιον.
Ὁ μῦθος λέγει : μερικοὶ ἔχουσιν ἀγνωσία,
τοὺς φίλους τους δὲν κάμνουσι ποτὲ εὐεργεσία.

123 (28).

Μῦθος ψαρᾶ.

Ψαρᾶς πλεμάτι χάλασε, σμαρίδαν εἶχε πιάσῃ,
καὶ κείνη τὸν ἐδέετον νὰ μὴν τὴν ἐχαλάσῃ,
νὰ τὴν ἀφήσῃ νὰ θραφῇ, καὶ πάλε κεῖ νὰ πάγῃ
νὰ τὴν πιάσῃ εὔκολα, ἔμνοστα νὰ τὴν φάγῃ.

122. 1. πηγένοντας. 3. καβάδι. 4. σένα. 6. καβάδ'. 7. ἐποίασαν. ὀργισμένα.
8. ἔτζη. 9. δίδεται μαλιὰ. 10. χαλάτε. 11. ἐφάγεται. 12. κάμεται.
123. 3. ἀφίση. πάλαι. 4. ἔμνοστα.

Ἐκεῖνος ἀποκρίθηκε καὶ εἶπεν τὴν σμαρίδα :

6 « Θαρρεῖς ὅτ' εἶμαι 'γὼ λωλός, τὸν κόσμον δὲν τὸν οἶδα,
τὸ κέρδος ὅπου ἔλαγα ν' ἀφήσω νὰ ὑπάγῃ,
εἰς ἄλλον νὰ σὲ στείλω 'γώ, νὰ πιάσῃ νὰ σὲ φάγῃ; »
Ἐπιμύθιον,
Ὁ μῦθος λέγει : εἶν' λωλὸς καὶ γνῶσιν δὲν τὴν ἔχει
π' ἀφίνει πρᾶγμα ἕτοιμον καὶ ἄλλο νὰ παντέχῃ.

124 (177).

Μῦθος γαδάρου καὶ ἀλόγου.

Γάδαρος κ' ἕνα ἄλογον ἀντάμα ἐπηγαῖναν,
μαζὶ μὲ τὸν ἀφέντη τους οἱ δύο διαβαῖναν.
Τὴν στράταν ὅπου πήγαινε, σὰν ἦτον φορτωμένος,
ὁ γάδαρος ἐγίνηκε 'κ τὸ βάρος κουρασμένος,
στὸ ἄλογον ἐγύρισεν, εἶπε : « βοήθησέ με,
6 ἀπὸ τὸ βάρος ἔπαρε, τώρα λυπήθησέ με. »
Τὸ ἄλογον δὲν ἄκουσεν, κ' ἰδέτε τί παθαίνει ·
ὁ γάδαρος ἐκεῖ ψοφᾷ, στὸν τόπον ἀνεμένει.
Τότε λοιπὸν ἀφέντης του τὰ ῥοῦγα ἔβαλέν τα
ἀπάνω εἰς τὸ ἄλογον, ὅλα ἐφόρτωσέν τα ·
καὶ τὸ πετζί του ποῦ ἔγδαρε εἶχε τῆς τὸ φορτώσῃ.
12 Πολλὰ ἐκεῖνο βόϊζε σὰν εἶχε τὸ σηκώσῃ ·
ἔλεγε : « μὲ τὸ δίκαιον νὰ τιμωροῦμαι πρέπει,
ἄλλος νὰ σωφρονίζεται, τὸ δίκαιον νὰ βλέπῃ. »
Ἐπιμύθιον.
Ὁ μῦθος λέγει : ὅποτε γίνεται βοήθεια
ἀκ τοὺς μεγάλους στοὺς μικρούς, περνοῦσι μὲ προμήθεια.

6. Θαρρεῖς. Il serait peut-être préférable d'écrire εἶδα. 7. ἀφίσω. 8. στίλω. 9. ἦν. ἔχη. 10. ἀρίνη.
124. 1. ἐπιγένναν. 3. πήγενε. φορτομένος. 6. τῶρα. 7. ἰδέται. παθένη. 8. ἀνεμένη.
12. βόήξε. συκώση. 11. τῆς est ici pour τοῦ. 13. πρέπη.

125 (64).

Μῦθος μεθυστοῦ.

Ἄνθρωπος μ' ἕναν μεθυστὴν φιλίαν εἶχε ποίση
μαζί του νὰ εὑρίσκεται, ἔτζι τὸ εἶχε στήση.
Κάπου λοιπὸν ἐπήγασι νὰ κάτζουσι νὰ φᾶσι ·
χειμῶνας τοὺς ἐπλάκωσε ἐκεῖ ὁποῦ 'χαν πᾶσι.
Ὁ ἄνθρωπος τὰ χέρια του στὸ στόμα τού 'χε βάνῃ,
6 κ' ἐφύσα τα νὰ ζεσταθοῦν, διὰ νὰ μὴν κρυάνῃ ·
ὁ μεθυστῆς τὸν ἄνθρωπον εἶχε τὸν ἐρωτήσῃ,
νὰ τὸν γρυκήσῃ ἤθελε τὸ πρᾶγμα τό 'χε ποίσῃ ·
εἶπε : « γιατί τὰ χέρια φυσᾷς τα μὲ τὸ στόμα; »
Τότε ἐκεῖνος εἶπεν τον : « γιὰ τὸ πολὺ τὸ κρυῶμα ·
ὅτι ἐβγάν' ἀναπνοήν, φυσῶ τα νὰ μὴν κρυώσω,
12 ἂν δὲν τὸ κάμω σὰν ἰωρεῖς, εἶμαι γιὰ νὰ παγώσω. »
Ὅμως ἐκάτζασι νὰ φᾶν ἐκείνη τὴν ἡμέραν ·
φαγὶ, ζεστὸν μαγείρεμα, ἐμπρός τους τὸ ἐφέραν.
Ὁ ἄνθρωπος πάλ' ἄρχιτε νὰ φυσᾷ νὰ κρυώσῃ,
ὅτ' ἤτανε πολλὰ ζεστὸν τὸ φαγὶ νὰ παγώσῃ.
Ὁ μεθυστῆς ἐρώτησεν, εἶπεν τον : « στὴν ψυχήν σου,
18 σύντροφε, τώρα νὰ μὲ πῇς τί φυσᾷς τὸ φαγί σου; »
Εἶπεν τον : « βλέπεις, σύντροφε, φυσῶ το νὰ κρυώσῃ,
μὴ γελαστῶ καὶ φάγω το, λάχῃ καὶ μὲ κομπώσῃ. »
Ὁ μεθυστῆς ἐγύρισεν, εἶπεν τον : « δὲν μὲ μέλει,
ὡσὰν ἐσένα, σύντροφε, ἡ φύσις μου δὲν θέλει,
ὁποῦ ἀπὸ τὸ στόμα σου κρυότην νὰ ἐβγάνῃς,
24 καὶ πάλ' ἀπὸ τὸ στόμα σου στὴν κρυότη ζέστη βάνῃς. »

---

125. 1. μίναν. 2. ἔτζη. 6. κριάνη. 10. κριόμα. 11. εὐγάν'. κριόσω. 12. θωρεῖς.
γιανὰ. 15. ἄρχησε. κριόση. 16. ἤτανε. 18. τῶρα. 19. κριόση. 21. μέλλει. 22. θέλη.
23. κριότην. εὐγάνῃς. 24. κριότη.

Ἐπιμύθιον.

Ὁ μῦθος λέγει μας ἐδῶ πῶς φίλοι δὲν λογοῦνται
οἱ δίγνωμοι οἱ ἄνθρωποι, ὀγλήγορα γρυκοῦνται.

126 (35).

Μῦθος ἀλεποῦς.

Ἔφευγε κάπου ἀλεποὺ ὁποῦ τὴν κυνηγοῦσαν,
κ' εἰς ἕνα τόπον ἔφυγε ποῦ δὲν τὴν ἐθωροῦσαν ·
οἱ κυνηγοὶ ἐτρέχασι διὰ νὰ τὴν ἐφτάσουν,
καὶ δὲν ἠμπόρεσαν ποσῶς διὰ νὰ τὴν πιάσουν.
Ἐκείνη ὡσὰν ἔτρεχεν ἔτυχε σ' ἕναν τόπον,
καλύβην μίαν ηὕρηκε καὶ ἕνα ξυλοκόπον ·
τὸν ξυλοκόπον εἶπε τον διὰ νὰ τὴν γλυτώσῃ,
καὶ τὴν ἐκρύψῃ ἐδεκεῖ, ἴσως νὰ τὴν ἐσώσῃ.
Ἐκεῖνος τὴν καλύβα του τὴν ἔδειξε καὶ μπῆκε ·
ἀλλὰ ἰδέ την ὕστερα ἀπέκει πῶς ἐβγῆκε.
Οἱ κυνηγοὶ ἐπήγασι, ηὗραν τὸν ξυλοκόπον ·
εἶπάν τον : « ἄνθρωπε, θωρεῖς ποῦ τρέχομεν μὲ κόπον ·
μί' ἀλεποὺ ἐχάσαμεν, καὶ ἂν τὴν εἶδες 'πέ μας,
παρακαλοῦμεν σε πολλὰ, τώρα ἑρμήνεψέ μας. »
Ἐκεῖνος μὲ τὸ στόμα του ἀρνοῦντον κ' ἔλεγέ τους
πῶς δὲν τὴν εἶδε πούπετες, καὶ πάλε ἔδειχνέ τους,
σημεῖον μὲ τὸ χέρι του τοὺς ἔκαμνε νὰ πᾶσι,
εἰς τὴν καλύβαν νὰ σεβοῦν καὶ θέλουν τὴν πιάσῃ.
Σὰν εἶδεν ἔτζι ἀλεποὺ τὸ πῶς ἐπαραδόθη,
ἐκεῖ ὁποῦ ἐσέβηκε στὸν τόπον δὲν ἐσώθη,

<hr>

26. δίγνωμοι et au dessus δίσγνωμοι d'une écriture récente, mais il faut
certainement lire δίγνωμοι. ὀγλήγορα.
126. 2. ἐθωροῦσαν. 5. σένχν. 6. ηὕρηκε. ξυλοκόπον. 8. ἐκρύψει ἔδεκει. 10. εὐγῆκε.
11. ηὗραν. 14. τώρα. 16. πούπετες. πάλαι. 19. ἔτζη.

τὸν ξυλοκόπον ὕβρισε, πολλὰ ὠνείδισέ τον
καὶ δὲν τὸν εὐχαρίστησεν, ἀμὴ καὶ ὕβρισέ τον.
Ἐκεῖνος τότε εἶπε τὴν : « γιατί μὲ ὀνειδίζεις ;
24 ἐγώ 'μαι ποῦ σὲ ἔκρυψα καὶ πάλε μένα βρίζεις ; »
Ἐκείνη πάλε εἶπε τον : « ἄνθρωπ', αὐτὰ ποῦ λέγεις
ψέματα εἶναι καὶ μ' αὐτὰ μόν' τὴν καρδιάν μου φλέγεις ·
ἔπρεπεν νὰ εὑρίσκουσουν στὸν πρῶτον σου τὸν τρόπον,
καθὼς ἀρχῆς μὲ ἔδειξες, νὰ φυλαχθῶ στὸν τόπον,
ὄχι νὰ λέγῃς λόγια εὔκαιρα καὶ μεγάλα,
30 καὶ γέλασές με τὴν πτωχήν, κ' ἔκαμες ἔργα ἄλλα. »
Ἐπιμύθιον.

Ὁ μῦθος λέγει : μερικοὶ λέγουν καλὸ νὰ ποίσουν,
καὶ μὲ τὰ ἔργα πάσχουσιν ἀνθρώπους ν' ἀφανίσουν.

127 (66).

Μῦθος ξυλένιου θεοῦ.

Ἕνας ξυλένιον θεὸν εἶχε καὶ παρακάλειε,
νὰ τὸν ἐποίσῃ ἄρχοντα καθημερνῶς ἐλάλειε ·
σὰν ἔβλεπ' ὁ ταλαίπωρος πῶς πάγει σὲ πτωχεία,
ἀκ τὸν θεὸν τὸν ξύλινον δὲν βλέπει ἀρχοντία,
τὸν ἔρριξε στὸ ἔδαφος, καὶ τότε ἐτζακίστη,
6 ἡ κεφαλή του χώρισε, μέσα στὴν μέση σχίστη ·
ἐβγῆκαν περισσὰ φλωριά. Τότε ἐκεῖνος λέγει :
« προτίτερα ὁ πᾶσα εἷς ἔπρεπε νὰ μὲ κλαίγῃ ·
ὅταν σ' ἐτίμουν εὔκαιρα, δὲν εἶδα καλοσύνη,
καὶ τώρα ὁποῦ σ' ἔκαμα τούτην τὴν κακοσύνη,

---

21. ὀνείδισέ. 23. ὀνειδίζῃς. 24. ἐγώ με. πάλαι. βρίζῃς. 25. πάλαι. λέγῃς.
26. ηλέγης. 27. Il y avait d'abord στὸν τρόπον σου τὸν πρῶτον. 32. ἀφανίσουν.
127. 1. παρακάλει. 2. ἐλάλει. 3. πάγη. πτωχία. 4. βλέπη. 5. ἔρρξε. 7. σύγχαν.
8. ὁπᾶσα. 9. ἶδα 10. τώρα. τούτην.

φλωρία μ' ἔδωκες πολλά, τώρα καὶ τὰ συνάζω,
13 ὅμως ἀπὸ τὴν σήμερον ἄτυχον νὰ σὲ κράζω. »
Ἐπιμύθιον.
Λέγει διὰ τοὺς ἄτυχους μὴν τοὺς καλοκρατοῦμεν,
μηδὲ νὰ τοὺς φοβούμεστε καὶ νὰ τοὺς ἀγαποῦμεν.

128 (62).

Μῦθος τραπέζης.

Ἔκαμεν ἕνας τράπεζαν στὸ σπίτι του νὰ φάγῃ ·
ὁ σκύλος του σηκώθηκε, σὲ ἄλλον σκύλον πάγει,
λέγει τον : « ἔλα σήμερον νὰ φάγωμεν ἀντάμα,
ἔχομεν εἰς τὸ σπίτι μας σήμερον πᾶσα πρᾶμα. »
Ἐκεῖνος τότε ἔδραμε, ἐπῆγε στὸ τραπέζι,
6 καὶ τὴν οὐράν του ἄρχισε νὰ σείῃ, νὰ τὴν παίζῃ ·
ἔλεγε : « σήμερον ἐγὼ θέλω πολλὰ χορτάσω,
οὐδ' ἕως εἰς τὴν αὔριον φοβοῦμαι νὰ πεινάσω. »
Ἐθάρρειε στοῦ ἀλλουνοῦ τὰ λόγια τοῦ σκύλου,
κεινοῦ ποῦ τὸν ἐλάλησε, τοῦ ἐδικοῦ του φίλου.
Ἀφέντης τότε τοῦ σπιτιοῦ εἶδε καὶ δίωξέ τον,
12 τὸν ἔδειρε πολὺν δαρμὸν καὶ ξυλοκόπησέ τον.
Ἐκεῖνος τότ' ἐφώναξε καὶ βγῆκεν εἰς τὴν στράτα,
καὶ σκύλος ἄλλος τὸν ρωτᾷ νὰ μάθῃ τὰ μαντᾶτα ·
εἶπε τον : « τ' ἔκαμες ἐκεῖ; ἐχάρηκες περίσσια; »
Λέγει τον : « ναὶ, ἐβλέπεις με πῶς δὲν ὑπάγω ἴσια ·
ἀκ τὸ μεθύσι τὸ πολὺ τὸν δρόμον ξέχασά τον,
18 τὸν λογισμόν μου δέν ἔχω, τὸν νοῦν μου ἔχασά τον. »

---

11. τώρα. 13. λέγῃ.
128. 1. σπῆτι. 2. συκώθηκε. πάγῃ. 4. σπῆτι. πρᾶγμα. 5. τραπέζῃ. 6. σύῃ. πέζῃ
7. D'abord πολλὰ θέλω. 9. ἐθάριε. 10 ἐδικούτου. 11. σπητίου ἴδε. 12. ξυλοκόπισέ.
14. μαντάτα. 15. ἐχάρικες. 17. μεθύση.

Ἐπιμύθιον.

Ὁ μῦθος λέγει : ἄπρεπον ἔναι νὰ ἀγρυκοῦμεν
πασάναν ὅ,τι ὁμιλεῖ, σὲ κεῖνον νὰ θαρροῦμεν.

129 (27).

Μῦθος ψαρᾶ.

Ἕνας ψαρᾶς ἀνήξευρος πήγαινε νὰ χαλάσῃ
πλεμάτια στὴν θάλασσαν καὶ ψάρια νὰ πιάσῃ·
σὲ μία πέτρα στάθηκε, κ' ἰδέτε τ' εἶχε ποίσῃ·
στὸν νοῦν του ἐβουλήθηκε τότε νὰ τραγουδήσῃ,
τὰ ψάρια ν' ἀκούσουσι, τάχα νὰ γελαστοῦσι,
6 ἀκ τὴν πολλὴν γλυκύτητα νὰ πᾶν νὰ πιαστοῦσι.
Τὸ πρᾶγμα σὰν τὸ ἔκαμε τοῦτο καὶ δὲν ἠμπόρειε,
ψάρια στὸ πλεμάτι του νὰ πιάσῃ δὲν ἐθώρειε,
τ' ἀγκίστρι του στὴν θάλασσαν καὶ τὸ πλεμάτ' ἀντάμα
τὰ ἔρριξε καὶ πίασε ψάρια ποῦ 'ταν θᾶμα.
Τότε τὰ εἶπεν : « ἄτυχα ζῶα καταραμένα,
12 ὁποῦ 'στε τόσον ἄγνωστα καὶ τόσον ὠργισμένα,
ὅταν ἐγὼ τραγούδουνα, γιατί νὰ μὴν σταθῆτε,
εὔμορφα νὰ χορεύετε,, μαζὶ νὰ τραγουδῆτε;
ἀμή, ἐγὼ σὰν ἔπαυσα, τώρα ἐσεῖς πηδᾶτε
στανέο σας χορεύετε, τοῦ λόγου σας γελᾶτε. »
                    Ἐπιμύθιον.
Ὁ μῦθος λέγει μας ἐδῶ πῶς μερικοὶ ζητοῦσι
18 νὰ κάμουν πράγματά τινα ὁποῦ δὲν ὠφελοῦσι.

---

20. πᾶσάναν. θαρροῦμεν.
129. 1. πήγενε. 5. νὰ κούσουσι. 7. ἠμπόριε. 8. ἐθώριε. 10. ἔριξε. θαῦμα.
13. σταθῆτε. 14. χορεύεται. τραγουδῆτε. 15. τώρα. 16. στανέωσας χορεύεται.

130 (83).

Μῦθος μοσχαρίου.

Ἔχασεν ἕνας ἄνθρωπος ἕνα μικρὸ μοσχάρι,
στὴν ἔρημον διάβηκε μὴ νὰ βρῇ νὰ τὸ πάρῃ ·
πολλὰ ἐπεριπάτησε, νὰ τὸ βρῇ δὲν ἠμπόρειε
ἐκεῖ ὁποῦ διάβηκε, οὐδὲ ποσῶς τὸ θεώρειε ·
τὸν Δία τότε ἔταξε μοσχάρι νὰ τὸν δώσῃ,
6 τὸν κλέπτην ποῦ τὸ ἔκλεψε ἂν τὸν ἐφανερώσῃ.
Ἐκεῖ λοιπὸν ποῦ γύρευε, ἔτυχεν λεοντάρι
τὸ μοσχαράκι ποῦ 'τρωγε, καὶ κεῖνος σὰν τὸ ψάρι
ἔτρεμεν ὁ κακόμοιρος, πολλὰ ἐπαρακάλειε,
τὸν Δία ἐδεήθηκε, καὶ μὲ φωνὲς ἐλάλειε ·
εἶπε : « Θεέ μου, σ' ἔταξα μοσχάρι νὰ σὲ δώσω,
12 καὶ τώρα ταῦρον δίδω σε ἀπ' ἐδῶ νὰ γλυτώσω. »
Ἐπιμύθιον.
Τοὺς δυστυχεῖς μᾶς λέγει δῶ ὁ μῦθος ποῦ ζητοῦσι
καλλίτεροι νὰ γένουσι καὶ πάλιν δυστυχοῦσι.

131 (208).

Μῦθος κοράκου ἀρρώστου.

Κόρακας ἕνας ἄρρωστος τὴν μάννα του νὰ λέγῃ
πρὸς τὸν Θεὸν νὰ δέεται καὶ νὰ μηδὲν τὸν κλαίγῃ ·
Τότε ἐκείνη γύρισε καὶ εἶπεν : « ὦ παιδί μου,
πῶς νὰ ἀκούσουν οἱ θεοὶ τώρα τὴν προσευχή μου |

---

130. 2. ἔρημον. 3. βρεῖ. ἠμπόριε. 4. θεώριε. 9. D'abord ὁ κακότυχος. ἐπαρα-
κάλιε. 10. φωναῖς ἐλάλιε. 12. τώρα.
131. 1. ἀρρώστου. 1. ἄρωστος. μάνα. λέγῃ. 4. τώρα.

γιατὶ κάνένας δέν εἶναι ὁποῦ νὰ σ' ἐλεήσῃ,
6 οὐδὲ θεός, οὐδ' ἄνθρωπος τώρα νὰ σὲ βοηθήσῃ ·
δτι τὰ κρέη ὁλονῶν ποῦ 'χαν εἰς τὲς θυσίες,
τὰ ἔκλεφτες, ποῦ τά 'διδαν διὰ τὲς ἐκκλησίες. »
Ἐπιμύθιον.
Ὁ μῦθος λέγει : ὅσ' εἶναι ποῦ ἔχουν ἐχθρεμένους,
φίλους ποτὲ δὲν κάμνουσι νά 'χουν ἐμπιστεμένους.

132 (4 в).

Μῦθος ἀετοῦ.

Εἰς τόπον ἔνας ἀετὸς ἐπῆγεν νὰ καθίσῃ
κ' ἔλαχε κάπου κυνηγὸς καὶ εἶχε τὸν κτυπήσῃ ·
τότ' ἀετὸς ἐγύρισε καὶ εἶδ' ἀπανωθιό του
σαγίττα ὅπου ἤτονε, εἶπε στὸν ἑαυτό του :
« καὶ τοῦτο πάλιν περισσὰ εἶναι νὰ μὲ λυπήσῃ,
6 ὅτ' ἀφορμή 'ταν τὸ πτερὸν τοῦτο νὰ μὲ κτυπήσῃ ·
καὶ ἔχασα τοῦ λόγου μου, εἶδα τὸν θάνατόν μου,
ἀκ τὸ πτερὸν ποῦ ἔχω 'γὼ χάνω τὸν ἑαυτόν μου. »
Ἐπιμύθιον.
Ὁ μῦθος διὰ ἐκεινοὺς λέγει ὀπ' ἀδικοῦνται
ἀπὸ τοὺς φίλους καὶ δικοὺς, πικραίνουνται, χαλνοῦνται.

133 (401).

Μῦθος τζιντζίρου.

Καιρὸς χειμῶνος ἤτονε καὶ τζίντζιρας ὑπάγει

---

6. τώρα. 7. ταῖς θυσίαις. 8. ταῖς ἐκκλησίαις.
132. 2. κτυπίσῃ. 3. ἀπανωθιώ. 4. σαγίτα. ἤτοναι. ἑαυτόν. 6. ἀφορμήταν. 7. οἶδα.
133. 1. ὑπάγη.

εἰς τόπον ποῦ 'ταν μύρμηκες κ' ἐζήτα τους νὰ φάγῃ.
Τότε ἐκεῖνοι εἴπασι : « τώρα ζητᾷς φαγία,
καὶ περπατεῖς, ταλαίπωρε, καὶ ἔχεις λαιμαργία. »
Λέγει τους : « δὲν ἀδείαζα, οὐδ' ἔκαμα λωλία,
5 ἀμ' ἐτραγούδουν ἔμορφα μὲ ἔμνοστην λαλία. »
« Γιατί στοῦ θέρους τὸν καιρὸν δὲν ἔκαμες δουλεία,
καὶ νὰ συνάζῃς περισσὰ, νά 'χῃς πολλὰ φαγία; »
οἱ μύρμηκες τὸν εἴπασι τὸν τζίντζιρα μὲ γέλος,
« τζίντζιρα, τί σὲ ἔκαμε τὸ εὔκαιρον τὸ μέλος;
τὸ καλοκαίρι ἐπειδὴ ἔψαλλες, ὡσὰν λέγεις,
12 εἰς τὸν χειμῶνα χόρευε, τὰ πάθη σου νὰ κλαίγῃς. »
Ἐπιμύθιον.
Ὁ μῦθος λέγει μας ἐδῶ ποτὲ πῶς δὲν ἀξίζει
ὅποιος εἶναι ἀμελὴς, πασάνας τὸν ὑβρίζει.

134 (78).

Μῦθος σκωλήκου.

Εἰς τρῦπαν ἕνας σκώληκας μεσά 'τανε χωσμένος,
ἔξω ἐβγῆκεν εἰς τὴν γῆν καὶ ἦταν λασπωμένος ·
τὰ ζῶα ὅλα ἔλεγε πῶς νὰ τὰ ἰατρεύῃ,
καὶ ἄριστος εὑρίσκεται ἰατρὸς νὰ θεραπεύῃ.
Τότε τὸν εἶπεν ἀλεποῦ : « τ' εἶναι αὐτὰ ποῦ τάζεις;
6 τοῦ λόγου σου, ταλαίπωρε, ἔπρεπε νὰ ξετάζῃς,
ὁποῦ ποδάρια δέν ἔχεις καὶ εἶσαι λασπωμένος,
ἰάτρευσε τοῦ λόγου σου ὁποῦ 'σαι ὠργισμένος. »

---

2. D'abord καὶ ζῆτα. 3. τῶρα. 4. περπατῆς. 5. ἀδίαζα. 6. ἔμνωστην. 7. δουλία.
11. καλοκέρι. λέγῃς. 13. ἀξίζῃ. 14. ἀμελεῖς πάσάνας. ὑβρίζῃ.
134. 1. σκώλικας. μέσάτανε χοσμένος. 2. εὐγῆκε. λασπομένος. 6. ξετάζεις.
7. λασπομένος. 8. ὀργισμένος.

Ἐπιμύθιον.

Ὁ μῦθος λέγει : ψεύτικος εὑρίσκεται ὁ λόγος,
ὁπόταν εἶναι πάντοθεν ὅλος γεμᾶτος ψόγος.

135 (343).

Μῦθος ὀρνιθίου ὁποῦ ἐγέννα.

Ἕνας ὀρνίθι ἔτρεφε πολύτιμον ποῦ 'γέννα
αὐγὸν χρυσὸν καθημερνῶς, ἔκαμεν ἀπὸ ἕνα ·
ἐκεῖνος τὸν ἐφάνηκεν ὅτι ἦταν χρυσωμένη
γεμάτη ἡ κοιλία του, ἦν μαλαματωμένη ·
καὶ ἔτζ' ὡς τὸν ἐφάνηκε, πιάνει καὶ τὴν σκοτώνει
6 τὴν ὀρνιθά του, ἄδικα τότε τὴν θανατώνει.
Ὡσὰν τὴν ἐθανάτωσε, χρυσάφι δὲν ἐφάνη ·
τότε ἀπὸ τὴν πίκρα του ἤτονε ν' ἀποθάνη,
πόχασεν τὸ διάφορον ποῦ 'χεν ὁ ὠργισμένος,
καὶ ἔκλαιε τοῦ λόγου του καὶ ἦτον πικραμένος.
                    Ἐπιμύθιον.
Ὁ μῦθος λέγει πῶς τινές, γιὰ νὰ πλεονεκτοῦσι,
12 τὸν ἑαυτόν τους βλάπτουσι, κακὰ ποκαταντοῦσι.

136 (246).

Μῦθος λεονταρίου.

Ἐγήρασ' ἕνας λέοντας πολλὰ ἀπὸ τὴν φύση,
καὶ δὲν ἐδύνουντον ποσῶς νὰ πᾷ νὰ κυνηγήσῃ ·
καὶ τὶ ἐπονηρεύτηκεν, ἐπῆγε καὶ ἐκλείστη
μέσα εἰς ἕνα σπήλαιον, ἐπῆγε κ' ἐσφαλίστη ·

---

135. 3. χρυσομένη. 4. ἦν. 5. πιάνη, τὰ σκώνη. 6. θανατώνη. 7. ἰρίνη. 9. ὀργισμένος.
136. 2. κυνηγίση.

καὶ τότε ἐκαμώθηκε πῶς εἶν' ἀσθενισμένος,
5 καὶ κείτουντον στὸ σπήλαιον σὰν νά 'ταν πεθαμένος.
Τὰ ζῶα ὅσα πήγαιναν διὰ νὰ τὸν ἰδοῦσι,
τάχα πῶς ἦταν βασιλεὺς, νὰ τὸν παρηγοροῦσι,
ἐκεῖνος τὰ ἐπίανε ὅλα καὶ σκότωνέν τα,
καὶ κάθετον στὸ σπήλαιον μέσα καὶ ἔτρωγέν τα.
Μία ἐπῆγεν ἀλεποῦ, ἀπέξω καὶ ἐστάθη,
12 ἔμαθε τὴν ὑπόθεσιν τῶν ζώων καὶ τὰ πάθη.
τὸν λέοντα ἠρώτησεν, εἶπεν τον : « πῶς τὰ πάγεις,
ἀφέντη, ὅπου κείτεσαι; τάχα μπορεῖς νὰ φάγῃς; »
Λέγει την : « εἶμαι ἀχαμνὸς, κ' ἔλα ἐδῶ κοντά μου,
νὰ μὲ ἰδῇς πῶς κείτομαι, πῶς εἶν' ἡ ἀρρωστιά μου. »
Εἶπεν ἐκείνη : « δὲν βολεῖ νά 'λθω ἐδῶ κοντά σου,
18 ποῦ μὲ ὁρίζει νὰ ἐμπῶ τώρα ἡ ἀφεντιά σου. »
Λέγει ἐκεῖνος : « διατί; φοβᾶσ' ἀπὸ κανένα
ἢ πίστιν τάχα δὲν ἔχεις ποσῶς ἐσὺ σὲ μένα; »
Τότε τὸν εἶπεν : « ἤργουμουν, ἂ δὲν ἦταν τὰ χνάρια
τῶν ζώων ὅπου ἔμπαιναν καὶ φαίνονται καθάρια
ποῦ μέσα μπῆκαν περισσὰ καὶ ἔξω δὲν ἐβγῆκαν,
24 μηδὲ ποσῶς ἐγύρισαν, στὸν κόσμον ἐφανῆκαν. »
Ἐπιμύθιον.

Ὁ μῦθος λέγ' : οἱ φρόνιμοι βλέπουν ἀκ τὰ σημάδια
τὰ πράγματα ποῦ γίνουνται, γνωρίζουν τα καθάρια.

137 (275).

Μῦθος λύκου.

Λύκος ἐπεριπάτειε περίσσια πεινασμένος,

---

5. ἦν ἀσθενησμένος. 6. κοίτουντον. 7. πήγεναν. 13. πάγης. 14. κίτεσαι. 16. κίτο-μαι. ἦν. ἀρωστία. 17. βολή. 18. ὁρίζη. τώρα. 21. ἀλὸν. 23. εὔγηκαν.
137. 1. ἐπεριπάτει.

κ' εἰς ἕνα τόπον στάθηκε σὰν ἦταν λιμασμένος ·
ἤκουσε κ' ἔκλαιγε παιδὶ, καὶ γραῖα ποῦ 'γε κράζη ·
« ἔπαρ', ὦ λύκε, τὸ παιδὶ, γιατὶ πολλὰ φωνάζει. »
Ὁ λύκος τὸν ἐφάνηκεν ἀλήθειαν ἐλάλειε,
6 καὶ τὸν Θεὸν ἐδέετον, πολλὰ ἐπαρακάλειε ·
τὸν ἑαυτόν του ἔλεγε : « τώρα τὸ θέλω φάγη,
καὶ, σὰν χορτάσω εὔμορφα, ὕστερα θέλω πάγη. »
Ὥραν πολλὴν ἐπάντεξε, δὲν ἤκουσε νὰ κλαίγη,
μόνον τὴν γραῖα ἤκουσε πάλε ὁποῦ 'γε λέγη :
« ἂν ἔλθ' ὁ λύκος, τέκνον μου, ἐδῶ στὸ σπίτι τώρα,
12 δέρνω τον καὶ διώχνω τον νὰ πάγη στὴν κακὴ ὥρα. »
Τότε ὁ λύκος ἀπεκεῖ φεύγοντας εἶχε λέγη :
« πρέπει με τὸν ταλαίπωρον πασάνας νὰ μὲ κλαίγη,
ποῦ 'λθα ἐδῶ ποῦ λέγουσιν ἄλλα καὶ κάμνουν ἄλλα,
στὸ σπίτι ὅπου ἦλθα 'γὼ λὲν ψέματα μεγάλα. »
                    Ἐπιμύθιον.
Ὁ μῦθος λέγει πῶς τινὲς τοὺς λόγους τους χαλνοῦσι,
18 εὔκολα τοὺς γυρίζουσι καὶ τοὺς ἀλησμονοῦσι.

138 (135).

Μῦθος ἐριφίου.

Εἰς ἕνα σπίτι στέχουντον ἀπάνω ἕνα ρίφι,
καὶ λύκον εἶδ' ἀπὸ μακριὰ καὶ δὲν τὸν ἐφοβήθη ·
ἔστεχε καὶ ἐλάλειε ἀπέκει κ' ὕβριζέ τον,
κ' ἔλεγε δὲν τὸν ἔχει χρειὰ, πολλὰ ὠνείδιζέν τον.

---

2. λιμασμένος. 3. γρία. κράζη. 4. φωνάζη. D'abord ὦ λύκε ἔπαρ'. 5. ἐλάλιε.
6. ἐπαρακάλιε. 7. τῶρα. φάγη. 8. πάγη. 9. D'abord πολλὴν ὥραν. 10. γρία. πάλαι.
λέγη. 11. σπῆτι τῶρα. 16. σπῆτι.
138. 1. σπῆτι. 3. ἐλάλιε. 4. ὀνείδιζέν.

Ἐκεῖνος εἶπε : « ξεύρω το τώρα τίς μὲ ὑβρίζει,
5 ὁ τόπος, ἀμὴ ὄχι σὺ, ὁποῦ μὲ ἐμποδίζει. »
Ἐπιμύθιον.
Ὁ τόπος ὅταν βοηθῇ καὶ ὁ καιρὸς ἀξίζῃ,
λαχαίνει κάπου καὶ μικρὸς τὸν μέγαν καὶ ὑβρίζει.

139 (157).

Μῦθος μουλαρίου.

Ἕνα μουλάρι πάχυνεν, ἐπήδα κ' ἐκαυχᾶτον
τὸ πῶς κρεῖττον ἀπ' ἄλογα ἔστεκε κ' ἐπαινᾶτον ·
τὸν ἑαυτόν του ἔλεγεν : « ἄλογον ὁμοιάζω,
στὴν γληγοράδα πέτομαι, τὰ ζῶα τὰ τρομάζω. »
Ἔλαγε καὶ πιλάλησε λοιπὸν εἰς ἕνα τόπον,
5 καὶ σὰν δὲν ἐδυνήθηκε κ' εἶχε μεγάλον κόπον,
γάδαρον ἐθυμήθηκε τὸν κύρην τὸν δικόν του,
καὶ τότε ἐκατάλαβε καλὰ τὸν ἑαυτόν του.
Ἐπιμύθιον.
Ὁ μῦθος διὰ τοὺς χοντροὺς λέγει ποῦ εὐτυχῆσαν,
τὸ γένος καὶ τοῦ λόγου τους ὁποῦ ἀλησμονῆσαν.

140 (96-96 в).

Μῦθος παιδίου καὶ φιδίου.

Κοντὰ σὲ σπίτι γεωργοῦ φίδ' ἦταν φωλιασμένο,
ἀπὸ καιρὸν εὑρίσκετον ἐκεῖ κατοικισμένο ·

---

5. τῶρα. ὑβρίζῃ. 6. ἐμποδίζῃ. 7. βοηθεῖ. 8. λαχένει. ὑβρίζῃ.
139. 1. μουλάρη. ἐπήδα. 5. πηλάλησε. 7. κύριν. 10. ἀλισμονῆσαν.
140. 1. σπῆτι. 2. κατοικεισμένο.

μίαν ἡμέραν τὸ λοιπὸν πιάνει καὶ δαγκάνει
ἕνα παιδὶ τοῦ γεωργοῦ, καὶ εἶχεν ἀποθάνη.
Ὅλοι τὸ ἐλυπήθησαν δικοὶ καὶ συγγενεῖς του,
ἔκλαψαν καὶ ἐδάρθησαν κ' οἱ δύο οἱ γονεῖς του.
Ἀπὸ τὴν λύπην τὴν πολλὴν ὁ γεωργὸς τὴν τόση,
τὸ φίδι ἐβουλήθηκε διὰ νὰ τὸ σκοτώση ·
ἕνα τζικούρι πίασε καὶ πῆγε στὴν φωλία,
μὴ νὰ ἐβγῇ καὶ τὸ ἰδῇ καὶ τότε μὲ τὴν βία
κτυπήση, θανατώση το, ἐκεῖ νὰ τὸ σκοτώση,
τὴν λύπην ὅπου τοῦ 'καμε νὰ τὴν ἐξεδικήση.
Ὅμως τὸ φίδι ἔλαχε καὶ φάνηκε καμπόσο,
τότ' ἔλεγεν ὁ γεωργός : « τώρα νὰ σὲ σκοτώσω. »
Καὶ ἔτζι μὲ πολὺν θυμὸν πῆγε νὰ τὸ κτυπήση ·
τότε δὲν εἶχε τὶ νὰ πῇ, οὐδὲ τὸ τί νὰ ποίση ·
μόνον ἐτοῦτο ἔβαλε στὸν νοῦν του καὶ ἐμέτρα
νερὸ, ἀλάτι καὶ ψωμὶ νὰ βάλη εἰς τὴν πέτρα,
καὶ τότε ὡσὰν τὰ ἰδῇ τὸ φίδι, θέλει πάγη
τὸ ἄλας ὅπου ἤτανε καὶ τὸ ψωμὶ νὰ φάγη ·
καὶ κεῖνος τότε μὲ σπουδὴν θέλει τὸ θανατώση,
μὲ τὸ τζικούρι εὔκολα μπορεῖ νὰ τὸ σκοτώση ·
ἔτζι τὸ ἔκαμε λοιπόν · ἀλλὰ τὸ φίδι εἶπε :
« ἄνθρωπε, τί κάμνεις αὐτοῦ; ἀπὸ ἐμένα λεῖπε ·
ὅσον θωρῶ τὴν πέτρα 'γὼ, τὸν τόπον κτυπημένο,
καὶ σὺ ποῦ βλέπεις τοῦ παιδιοῦ τὸν τόπον ποῦ 'ν' θαμμένο,
ποσῶς φιλίαν δὲν ἔχεις, ποσῶς ἐσὺ σὲ μένα,
οὐδὲ ποτὲ σὲ ἀγαπῶ ἐγὼ ποσῶς ἐσένα. »

Ἐπιμύθιον.

Ὁ μῦθος λέγει πῶς τινὲς τὴν ἔχθραν τὴν γρυκοῦσι,
ἂν διαβῇ καιρὸς πολὺς δὲν τὴν ἀλησμονοῦσι.

---

3. δαγκάντ. 9. τζικούρι. 10. εὐγῇ. 11. κτυπίση. 13. φάνικε καμπόσω. 14. τώρα.
15. ἔτζη. κτυπίση. 18. ἀλλάτι. 19. θέλη. 20. ἤτανε. 21. θέλη. 22. τζικούρι.
23. ἔτζη. 25. θωρῶ. 26. ποὺν θαμμένο. 30. διαβῇ. ἀλησμονοῦσι.

141 (386).

Μῦθος τρουμπεττάρη.

Ἔλαχεν σ' ἕναν πόλεμον καὶ πιάσθη τρουμπεττάρης ·
ἕνας ὁποῦ τὸν ἔσυρνε, ἔλεγε : « μή με πάρῃς,
νὰ μὲ σκοτώσῃς, ἄνθρωπε, ὅτι ἐγὼ οὐδένα
στὸν πόλεμον ἐσκότωσα ἐδῶ ποσῶς κανένα ·
ἄρματα δὲν ἔχω ποσῶς, σαγίττες ἢ δοξάρι,
6 ἢ ἄλλο πρᾶγμα θαυμαστὸν ὁποῦ νὰ ἔχῃ χάρη ·
μὲ τὴν τρουμπέτταν ποῦ θωρεῖς ἐδῶ καὶ κεῖ γυρίζω,
στὸν πόλεμ', ὁ ταλαίπωρος, κρατῶ τὴν καὶ βοΐζω ».
Τότε ἐκεῖ ποῦ ἔστεκαν τινὲς καὶ τὸν ἀκοῦσαν,
χειρότερα τὸν ἄνθρωπον τὸν ἐκατηγοροῦσαν ·
εἶπαν : « γιὰ τοῦτο πλειότερον θέλομεν σὲ σκοτώσῃ,
12 ὅτ' ἄνθρωπον παρακινεῖς ἄλλον νὰ θανατώσῃ. »
Ἐπιμύθιον.
Ὁ μῦθος λέγει : πλειότερην ἔχουσιν ἁμαρτία
ἐκεῖνοι ποῦ παρακινοῦν τοὺς ἄλλους σ' ἀτυχία.

142 (179 в).

Μῦθος ἐλαίας καὶ καλαμίου.

Μία ἐλαία μάλλωνε μὲ τὸ καλάμ' ἀντάμα,
τὸ ἔλεγεν ἀδύνατον καὶ ἀχαμνόν 'ναι πρᾶμα ·
ὅταν φυσήσ' ὁ ἄνεμος, κλίνει μὲ εὐκολία,
καὶ ἀχαμνὸν εὑρίσκεται κ' ἔχει αὐτὴν τὴν αἰτία.

---

141. Intitulé. τρουμπετάρη. 1. σέναν. τρουμπετάρης. 3. σκοτώσεις. οὐδ' ἕνα.
5. σαγίταις. 6. ἔχει. 7. τρουμπέταν. 8. βοήζω. 11. πλιότερον θέλωμεν.
142. Intitulé. ἐλέας. 1. ἐλέα μάλονε. 2. πρᾶγμα. 3. κλήνει.

Ἐκεῖνο ἐσιώπαινε, τίποτες δὲν ἐλάλειε,
5 μόν' τὸν θεὸν ἐδέετον, πολλὰ ἐπαρακάλειε
διὰ νὰ ποίσῃ ἄνεμον, καὶ τότε νὰ γρυκήσῃ
τὸ τί ἀξίζει ἡ ἐλιὰ κ' ἡ ἐδική της φύσῃ.
Ἔτζι λοιπὸν ἐγίνηκε ἄνεμος μὲ τὴν βία
καὶ τὸ καλάμι ἔκλινε καὶ γλύτωσε γιὰ μία ·
καὶ ἡ ἐλαία ποῦ 'τανε μεγάλη τότ' ἐγάθη,
12 ἐξερριζώθη εὔκολα κ' ἔπαθε τέτοια πάθη.
                    Ἐπιμύθιον.
Πολλάκις εἶναι γνωστικοὶ μικροὶ ποῦ δὲν λαλοῦσι
παρὰ κεινοὺς ποῦ εἶν' τρανοὶ καὶ θὲν νὰ πολεμοῦσι.

143 (276 в).

Μῦθος λύκου.

Λύκος κομμάτι κόκκαλον εἶχεν εἰς τὸν λαιμόν του,
τὸ τί νὰ κάμῃ δέν εἶχε ποσῶς στὸν ἑαυτόν του,
ὅτι ἐμπήχθηκε κακὰ, δὲν εἶχε τί τὰ ποίσῃ,
καὶ γέρανον ἐλάλησε μὴ νὰ τὸν ὠφελήσῃ ·
εἶπε τον : « ἔλα, γέρανε · βάλε τὴν κεφαλή σου,
8 ἀχ τὸν λαιμόν μου σύρε το, τοῦτο, εἰς τὴν ψυχή σου,
τὸ κόκκαλον ποῦ μπήχθηκεν ἐδῶ καὶ μ' ἐμποδίζει,
καὶ νὰ σὲ δώσω πληρωμὴν τὸν κόπον σου ν' ἀξίζῃ. »
Ἔτζι λοιπὸν ὁ γέρανος εἰς τὸν λαιμὸν τὸ βάλλει,
καὶ μὲ τὴν μύτην τό 'συρε καὶ εἶχε τὸ ἐβγάλη.
Τότε ἐγύρευε μισθὸν καὶ πληρωμὴν νὰ πάρῃ
12 ἀπὸ τὸν λύκον πὄπαθε τέτοια μεγάλη χάρη.

---

5. ἐσυώπαινε. ἐλάλιε. 6. ἐπαρακάλιε. 9. ἔτζη. 10. κκλάμη. 11. πούτανει.
12. ἐξεριζώθη. 14. ἦν.
143. 1. κομάτι κόκαλον. λεμόν. 5. βάλλε. 7. κόκαλον. 9. βάλλει. 10. εὐγάλη.

Τότε ὁ λύκος λέγει τον : « ἐπῆρες τὸν μισθόν σου
ποῦ ἀπὸ λύκου γλύτωσες στόμα τὸν ἑαυτόν σου. »
                    Ἐπιμύθιον.
Ὁ μῦθος λέγει : μερικοὶ ἀπὸ κακὰ γλυτώνουν
καὶ ποῦ τὸν ἐβοήθησαν τίποτες δὲν πληρώνουν.

144 (333).

Μῦθος γαδάρου.

Γάδαρος ἐβουλήθηκε λέοντα νὰ μοιάσῃ,
τὰ ζῶα ὅπου τὰ εὐρῇ ὅλα νὰ τὰ τρομάσῃ,
καὶ ἕνα δέρμα λέοντος ἀπάνω του ἐντύθη,
καὶ φάνηκέ τον περισσὰ μὲ κεῖνο ἐτιμήθη.
Ἄνεμος κάπου φύσησε, καὶ φάνη ἡ πομπή του,
6 ὅτι τὸ δέρμα ἔπεσε καὶ εἶδαν τὸ κορμί του.
Τότε τὸν ἐκατάδραμαν μὲ ξύλα, μὲ λιθάρια,
ὡσὰν τὸν εἶδαν γάδαρον καὶ φάνηκε καθάρια.
                    Ἐπιμύθιον.
Ὁ μῦθος λέγει : οἱ πτωχοὶ δὲν πρέπει νὰ θυμοῦνται
τί κάμνουσιν οἱ ἄρχοντες, διὰ νὰ μὴν χαλνοῦνται.

---

144. 1. ἐδουλίθηκε. 2. εὑρεῖ. τρωμάσῃ.

TABLE

PRINCIPALES PUBLICATIONS DE M. ÉMILE LEGRAND

Collection de Monuments pour servir à l'étude de la langue néo-hellénique. — 19 numéros formant la matière de 3 vol. in-8°.

Collection de Monuments pour servir à l'étude de la langue néo-hellénique (Nouvelle série). — 7 numéros formant la matière de 3 volumes in-8°.

Bibliothèque grecque vulgaire. — 8 vol. in-8°.

Recueil de poèmes historiques en grec vulgaire, relatifs à la Turquie et aux Principautés danubiennes, avec traduction française, introduction, notes, notices et glossaire. — 1 vol. in-8°.

Éphémérides daces ou Chronique de la guerre de quatre ans (1736-1739), par Constantin Dapontès. Texte grec, traduction française et notes. — 3 vol. in-8°.

Lettres de l'empereur Manuel Paléologue. — 1 vol. in-8°.

Notice biographique sur Jean et Théodose Zygomalas. — 1 vol. in-8°. (Épuisé.)

Cent dix lettres grecques de François Filelfe, suivies de lettres inédites de Guarino de Vérone, Bessarion, Jean Eugénicos, Matthieu Camariote, Georges Scholarius, Georges de Trébizonde, Théodore Gaza, Anne Notaras, Jean Argyropoulos, Démétrius Chalcondyle, Emmanuel Adramyttenus, Janus Lascaris et Serginus Stissus. — 1 vol. in-8°.

Documents inédits concernant Rhigas Vélestinlis et ses compagnons de martyre, tirés des archives de Vienne. — 1 vol. in-8°.

Grammaire grecque moderne. — 1 vol. in-8°.

Dictionnaire grec moderne-français. — 1 vol. in-32.

Dictionnaire français-grec moderne. — 1 vol. in-32.

Bibliographie hellénique des quinzième et seizième siècles. — 2 forts vol. gr. in-8°.

Bibliographie hellénique du dix-septième siècle. — 4 forts vol. gr. in-8°.

Dossier Rhodocanakis, Étude critique de bibliographie et d'histoire littéraire. — 1 vol. in-8°.

Deux vies de Jacques Basilicos, prince de Moldavie, despote de Samos, marquis de Paros, etc., etc. — 1 vol. in-8°.

CE VOLUME A ÉTÉ TIRÉ A CENT EXEMPLAIRES

ET ACHEVÉ D'IMPRIMER LE 25 FÉVRIER 1896

PAR LEMALE ET Cie

LE HAVRE, 3, RUE DE LA BOURSE